[土耳其] 尤瑟夫·阿提冈——著

刘　琳——译

Yusuf Atılgan

Anayurt Oteli

英译者导言

《祖国旅店》对于西方读者的吸引是双重的。首先，它呈现了不同于家族恩怨大戏的土耳其小镇生活。其次，小说罕见地结合了各种不同的态度，既有典型的东方关照，甚至是迷恋，又有鲜明的欧洲二十世纪知识分子的假想，还包含着一种完全土耳其式的，或者准确地说是爱琴海土耳其式的"日常性"（每种文化都有自己的日常性）。

准确性是这部小说的代名词。作为对精神障碍的精确研究，它曾一度成为安卡拉各大医学院校精神病学学生的必读书目。作为严守形式纯粹性的写作——这里表现出对于范式的热爱——它成了一份在政治社会动乱时期关于艺术完整性的声明，那时土耳其鲜有作家敢于偏离主流评论。

这并不是说《祖国旅店》缺乏政治意涵,而是说它们是隐含其中的,而非耀武扬威地张扬于读者面前。

有几件事情是我们应该知道的。在"一战"期间及战后,土耳其曾被多个外国势力占据。正是依靠穆斯塔法·凯末尔·阿塔图尔克的热情和天赋,一支国民军被组建起来,以反抗沉重而持久的不平等,并士气高昂地将占领军赶出了国境。这部小说中提到的"解放",指的就是一九二二年九月九日结束的最后进攻。在这次进攻中,希腊军队在伊兹密尔的海湾遭到了围剿,之后,阿塔图尔克缔造了"共和国"。他的胜利奠定了他近乎被崇拜[①]的地位,这使得他能够将西方式的民主加诸一个五个世纪以来只知苏丹专制统治的民族头上。服装、字母系统和女性权利方面的改革紧随其后,但五百多年的文化形态当然不会在一夜之间就改变。土耳其要将自己从过去中解放出来,它所能达到以及未能达到的程度,事实上就是《祖国旅店》的背景主题

---

① 这种崇拜持续至今。译者是一天早晨在旅馆中深刻认识到这一点的,当时号叫的喇叭和高声的警报让我以为打仗了。然后我注意到下面大厅里一位泥水匠正恭敬地立正站好。那是十一月十日的早上九点零五分,阿塔图尔克一九三八年逝世的周年纪念日。整个土耳其每年正是通过这一分钟的喇叭和警报声来见证这一时刻。——英译者注

之一。

至于其他的,本书自会告诉读者。

弗雷德·斯塔克

一九七七年于安卡拉

称呼语

男人	女人	
贝伊	哈尼姆	对有钱、有地位者的称呼
阿比	阿布拉	字面上指"大哥,大姐";是一种广泛使用的表示熟络的敬称
艾芬迪		称呼地位较低的人时,表示谦虚的固定用语
阿迦		农夫中使用的最高敬语
乌斯塔		称呼工匠(如汽修工、水管工等)的头衔

一个在伊斯坦布尔当公寓看门人的名叫克里姆的农民,会把公寓楼的住户称为贝伊或哈尼姆,住户之间也彼此这样称呼,而住户则会称这个看门人为克里姆艾芬

迪。如果他要称呼一位警官，则称其为阿比。不过这些都在家中得到了弥补，在家里，克里姆的妻子称他为阿迦。

请注意，阿迦作为一个实际的称谓，指的是封建领主的权威，这在土耳其西部已经消失了。

"祖国旅店"的书记员泽波杰特走进那间屋子,三天前的那个周四,她——就是那个从安卡拉开来的晚点列车上下来的女人曾住在那里。泽波杰特转动钥匙,又将钥匙放入口袋,背倚着门环视房间。每件东西都仍是她离开时的样子:掀到一边的被子,皱了的床单,拖鞋,椅子,床头柜上的台灯,两支按灭在铜烟缸里的抽了一半的香烟,茶壶、滤网、茶杯和勺子,还有放着五块糖的小碟子[那晚他给她拿来了六块糖。我能喝些茶吗?她问。他用三人量的茶壶泡好茶,端在手里敲门。请进。她坐在床沿上,没穿外套,黑色的毛衣,有大颗银色珠子的项链。**她抬头看看,抱歉给您添麻烦了。**又问了如何到那个村庄去。那么请八点叫醒我。随口说起自己没带身份证。第二天早晨,他一走进去就闻到一股气味,便迅速地关上了门。她灯也没关。他注意到床尾搭着的毛巾,掀到一边的被子,皱的床单,拖鞋,椅子,床头柜上的台灯,两支掐灭在铜烟缸里的抽了一半的香烟,茶壶、滤网和茶杯,放着糖块的小碟子。数了数,"她用了一块"。但是眼下这会儿,那气味已经消散了,或许前一晚就消散了,尽管自从她离开(那天早上她放下小皮箱,打开钱包,一共是多少钱,不用找了,没戴戒指,那么太谢谢了,也谢谢你的茶,拎起箱子离开了)门就锁上了,钥匙就在他的口袋里。除了一件事,那就是已经有三个晚上,在等了一整天、直到午夜来临,所有的客人都安顿下来了,在锁好并闩上大门之后(铃响了,他打开门,她站在门口,大衣敞着,手里提着箱子,你们还有空房吗?他大步走向钥匙架)他就关闭了大厅的灯,然后来到这里],她掉落在床架脚的毛巾,饰有烫金流苏的栗色窗帘,洗脸池和上方的圆镜子{她离开的那天早上,他曾在这面镜子里照见自己的脸。脸上每样东西都是向下弯的——眉梢、嘴角、鼻子。尽管每周都要刮三次脸,他还是将这张脸仔细端详了一番,还有它那小小的、四方的胡子。她那晚看到的就是这样一张脸〔放下茶盘,重新锁好闩上大门后,他定好六点的闹钟——尽管他总是六点就会自动醒来——关了灯,手里拿着闹钟经过她的门前,小心地踏着铺了地板革的台阶,回到有两个房间的阁楼(女佣的房间,散发着汗臭味。她很嗜睡,上床很早。每天早上他都不得不摇醒她。夜里,他例行会进来和她躺在一起。为了睡得安然无忧,她没穿内衣裤,两腿略微叉开。当他撞击她,甚至骑在她身上时,她都依然在睡。有时他会咬她的一只乳头,她就含糊地咕哝着"哎哟"或"走开"。完事后他就爬下来,用一块手绢帮她擦干。)这次他进了自己的屋子。他把钟放在地板上够得着的地方,脱衣上床。不一会儿,当楼下经过的小轿车使床板震了一震时,他坐了起来。他忘记洗脚了。每晚就寝前他都会洗脚的。他起身洗了脚又回来,在床沿上坐了一会儿。"假如她没锁门。有人可能会偶然开门进去。"他穿好衣服向楼梯走去,轻手轻脚地拾级而下,站在她的门旁。锁眼是暗的。他屏气静听,心跳剧烈。他慢慢地、不时停顿地向顺时针方向转动那光滑的圆把手，然后用肩膀顶着门试了试。锁着的。他的呼吸平稳了，又将把手转回去，仍旧慢慢地、不时停顿，然后松开了手；他不慌不忙地爬上楼，进了女佣的房间，打开灯。被子纹丝不动地躺在那里，下面伸出她的一双大脚，脚底黝黑。他"啪"地关灭电灯退出来，边走边关上门，然后回到自己房间和衣躺下：整夜醒着，担心闹钟可能会不响，担心可能睡过头了］那天早上看到的也是这张。快八点那会儿，他早已把烧水壶放到酒精炉上。八点他准时走向她的房门，但是停下来让她多睡了一分钟。然后敲门。"好了，我就起来了。"他泡好茶，抻直了领带，坐在他的椅子里，面前放着厚厚的登记簿。眼下她就要走了，他没法再去问她的名字了。她带上门，正向前台走来。黑色的头发，敞着的棕色外套，烟灰色长袜，低跟鞋。她放下小皮箱来打开钱包问："一共多少钱？"然后，"不用找了。"没戴戒指。长长的、淡粉色的指甲。"那么太感谢了。也谢谢你的茶。"她拎起箱子离开了。当她穿过门廊时，那个男人走了进来，手里拎着小皮箱。他的脸看上去仿若无骨。"有空房吗？""有。""可能的话来间好的。就要刚刚走掉的那个女人的房间。""她还没退房呢,先生。她还在住。""好吧,那就换一间。"他从口袋里摸出一张身份证件,标准的出生证明簿,把它放在登记簿上。"职业?""就写退役军官。"泽波杰特从钥匙架上取下一把钥匙递了过去。"二楼二号房。上了楼梯向左走。"三天来,这个男人每天下午和傍晚都待在大厅的一个角落里,读书读报,抽烟,每当门开了都抬头看看。晚上十一点后,他就上楼回自己房间去了。昨晚,当泽波杰特清理他旁边的烟灰缸时,这人看上去似乎有话要问。今晚,他终于开口了。他回来很晚,上楼时停了下来,醉醺醺的,呼出的气里尽是拉克酒的那种甘草味。他们的目光相遇了。"你还是有胡子更好看。"他在开玩笑吗?这天早上,泽波杰特并没能鼓足勇气把它给剃了。他笑笑。"她从不离开房间吗?""谁?""你知道的,我来那天的那个女人。星期五早上,我进来的时候……""哦,她呀。她已经退房了,先生。昨天早上。""退房了?那她去哪了?""我可不知道,先生。她没说。"} 挂在镜子右边挂钩上的、顶部和底部都有手工绣花的宾馆毛巾,从天花板上垂下来的电线末端的灯罩，右手边墙中央挂着的有巴洛克式镶框的油画：一个屁股丰满、胸脯浑圆的女人，浑身蕾丝，斜倚在一张宽大奢华的卧榻上，两个半裸的黑人女孩手中持扇、各站一边。"有点儿闺房生活小景的意思。"那位牙医曾这么说。这幅画是泽波杰特的父亲很久之前的某一天从跳蚤市场带回来挂在这儿的。"儿子，当我死了、走了，我不希望你把这个房间给任何一个客人住。每家旅店都需要有这样的一个房间。"他离开门那里，走到画前站着看了一会儿。当他转身向镜子走去时，楼上房间有响动传来，就是那家伙住的房间。他听着。地板的吱嘎声，水龙头的哗哗声。"一定是在洗脸。他吐了吗？"他看着镜中的自己，像往常一样的小胡子，但是现在略微向鼻子翘起。他又转身走向了床边。枕套上有深色的污斑。她现在在那个村庄里做什么呢？他感到双膝一软，就赶紧伸手去抓床脚，不过他稳住了身体，挪步走开了。他走出去时，让灯泡亮着就锁了门，上楼去了。二楼的双人间里有人在打鼾。他熄灭走廊灯，站在六号房门边静听。无声无息。当他爬到通往阁楼的楼梯尽头，有一双眼睛在他对面的地板上闪烁。那是旅店里那只猫的眼睛。

城镇

或者说城市。日间,在西行的列车上,一位旅客如若全神贯注于读报,或者与邻座聊天,那么当火车慢下来时,他就会对自己所处的地方感到惊讶,向左一瞥就会吓一跳。一座山,上半部是陡峭的花岗岩,好似一个浪头就要向火车劈头涌来。这座城镇(或城市),它的尖塔和宽阔的林荫道,就在这座山脚下的缓坡上铺展开去。(宽阔的街道,公园和露天空地都是那场大火之后才建起来的。一九二二年九月上旬,希腊军队在撤退之前曾把这座城付之一炬。老一辈说,如果每个街区哪怕只有一个步枪手露面,就不会有什么东西被烧毁了。那时几乎每个人都逃到了山里,那一整天一整夜,他们就在那里看着那场大火。)一片青黄色的平原在城镇北面延伸开去。沿着平原有一条河,河水在夏日里缓慢地蜿蜒流淌,到了冬天则涨起浑浊的水来。平原上有葡萄园、棉花田和小麦田,还有大大小小的村庄。

旅店

矗立在连接主干道和车站后广场的那条街对面的那些建筑物中的一幢,这些建筑因为希腊富人曾住在这个区而免于那场大火。这座三层楼的建筑,本来是一座庄园宅邸。(当凯奇吉家——就是那个"布料商"家族——的吕斯泰姆贝伊在大火之后迁往了伊兹密尔,在前人口统计员艾哈迈德艾芬迪的坚持下,他把他的庄园改建成了一家旅店。每个房间都应时地装了洗脸池,每一层都建了厕所。大厅、走廊、楼梯和房间里的木地板也都铺上了地板革。年深日久,小镇旅馆气渗入这些墙壁和木工当中,吕斯泰姆贝伊的老宅子就变成了一家地地道道的旅店。据他说,是他的祖父梅利克阿迦在十九世纪建了这座房子。在现在挂着旅店招牌的门拱上,应该有一段铭文雕刻在白色大理石上。既不合古典韵律也不合音节表的韵律——某个本地的落魄诗人,每当城里上流社会有出生或死亡之事,就应其所需炮制些押韵诗来讨生活,当宅邸落成的时候,这诗人一定碰到了前所未有的困难——招牌之下那刻在石头上的押韵短诗，正如人们所传的那样，总觉有些古怪：

一呀，二呀，还有一对脸庞
凯奇吉家子孙梅利克的地方

阿拉伯数字1后面跟着2，接着跟两个圈，我们念作一二五五；按照现代历法这是一八三九年。）

旅店临街的门脸被刷成赭石色。三级大理石台阶通向一个双开门，门扇的上半截是玻璃的，玻璃外面装着铁栅栏。门两旁是两个大窗户，也装着栏杆——其他楼层的窗户没有栏杆。门拱上高悬着一个绿底白字的锡质招牌：祖国旅店。（这或许是刚解放那几年，在那些没怎么抗敌的城镇、城市中所能见到的一种羞惭的爱国热情。）穿门入户，有雕花木扶栏的阶梯通向二楼，楼梯左边，有一个房间，兼做餐具室、衣橱和茶房。（在那个下了从安卡拉开来的晚点列车的女人打听的那个村庄，吕斯泰姆贝伊有一个熟人，他有个和泽波杰特同岁的儿子，上中学时每到冬天就住在这间屋子里。后来，泽波杰特参军去了,他的父亲就搬下来住到这里,事实上,对于书记员来说这是办理事务最方便的房间了。但是他父亲死后,泽波杰特并没有搬下来。他仍旧住在老地方,在那里,他曾一度养成了一边阅读图书馆借来的书籍,一边对着高中女生上体育课的景象打飞机的习惯。)在这个小隔间与楼梯脚之间,一把木质的扶手椅和一个高高的半月形办公桌立在一个平台上。(那个每年党代会期间都会从一个边远县城赶过来、在这里住上两晚的率直多话的牙医,把这叫作泽波杰特艾芬迪的主席台。)那旁边是一张长条桌,桌上靠墙放着铁质保险箱。楼梯下面,一扇有窗的门开向后院。大厅有两张低矮的方桌,每张桌旁围着四把黑色皮面圈椅。两根电线从天花板上垂下来,线端挂着灯罩。右手边墙上挂着一张穆斯塔法·凯末尔·阿塔图尔克的全身像,当你面向楼梯准备上楼,右边有一扇门标着数字1。墙和门这些都做成了米白色,是漆上去的,不是石灰粉刷的。大门右边,有一个长方形标牌,写着:**午夜锁门**。上一层楼,左边是一个单人间和一个三人间,右边是一个双人间、一个三人间,以及这一层的厕所。三楼也是同样布局。

每层楼梯中间的平台上,都有窗户开向院子。阁楼右侧有浴室和厨房,左侧有两间装有小灯的斜顶房间,从屋里可以看到邻居的屋顶。在三面石头高墙围起来的院子里,沿着左边那堵墙有一溜敞开的棚屋。清洁女工每周在这里洗一次衣服。每逢雨天,她就把被单和其他洗好的衣物搭在从棚屋这头一直拉到那头的两根粗绳上。院子有一扇生锈掉色的大铁门,朝着后面的街道开启。紧靠右边墙根,是马厩和车夫、马夫的住处。(从车站广场延伸而来的那条街的街头,挂着一个深绿色的锡铁箭头,上面用白色字母写着"旅店",钉在一棵松树上。但有颗钉子因为年头太久而朽断了,所以牌子就朝下指了,让人觉得这个旅店是位于地下的。)

泽波杰特

没到平均身高,但也不是特别矮。在军队那会儿,他们给他登记的是五英尺四英寸高,一百十九磅重。现在他三十三岁了,净重能到一百二十四或一百二十五磅。过去两年里,他的腹肌变得松弛了。和身子相比,头颅显得过大，额头很高。头发、眉毛、眼睛和胡子都是褐色的。一张瘦巴巴的脸，略微有些下垂，但毕竟不像那天早上他从镜子里看到的垂得那么厉害，就是那个下了安卡拉开来的列车的女人走的那天。手很小，指甲粗短。窄肩膀，窄胸膛。他七个月大就出生了。一九三〇年十一月二十八日那天的黄昏，他的妈妈感到一阵阵的剧痛。过了一会儿，她知道试着等疼痛过去毫无意义，于是戴上头巾下楼走到楼梯口。"艾哈迈德艾芬迪，"她叫道，"去叫产婆来。"产婆刚好在家，所以艾哈迈德艾芬迪很快就拉着产婆一起回来了。他们让产妇躺在右边的房间。"还差两个月呢，产婆。这个也会流掉吗？"产婆转向充满期待的父亲。"你去烧些开水。""于是我就去把前门锁上，把水烧上了。烧水时，你妈妈大概叫了两次，然后门开了一条缝，产婆要热水。'是个男孩。'她说。不一会儿就叫我进去。她把你用襁褓裹住，你就躺在她的手掌里。你那时就那么小。'你可以把这小家伙用棉布包起来放在首饰盒里'，她说。'叫他泽波杰特——橄榄石吧。'我就俯身在你耳边轻唤这个名字。"一个很少见的名字。那天晚上有四个其他省来的人住在店里,他们来镇上是因为有个亲戚在受审。他们刚从外面吃了晚饭回来,握着艾哈迈德艾迪芬的手,向这个孩子表达了祝福。

在他父母的一生当中,泽波杰特曾惹得这次早产在各种不同的场合被反复讲起。

1. 早上。要去上学了,下楼来到大厅。他的父亲正在那儿清理煤炉里的煤渣,他们那时是用煤炉来取暖的。

泽波杰特:爸爸,能给我二十五库鲁吗?

父亲:有什么特别的理由吗?

泽波杰特:我得买本笔记本。

他的父亲把煤渣装进桶里,又把铲子插进炉子里。

泽波杰特:快点啊爸爸,我要迟到了。

父亲:镇定些,儿子。让我先把这些煤渣铲出来。我实在没法理解你是如何等得了七个月才出来的。

2. 一天中午放学回家。上楼。他的母亲正在往盘子里切莴苣。煤油炉上放着水壶。

泽波杰特:我饿啦。

母亲：就快好啦，耐心点。这孩子！甚至都没法等到九个月再出世。

（如果急不可耐确实算是这次出生的特点，那么母亲这一方也是和她肚子里的胎儿一样急不可耐的。前者着急的可能性似乎还要更大些。从胎儿来预期成年后的行为未免太严苛了。倒是一个四十四岁才怀孕的女人才更可能心急，尤其是如果她曾经流产过三次；一次是两个月时，另一次是两个半月，第三次是三个月时。然而不管怎样，不管这个孩子是否当得起这些指责，它们都对他产生了积极的影响。随着他渐渐长大，泽波杰特变得越来越稳重而有耐心了。）

他小学毕业那年夏天行了割礼。那个夏天结束之前，他的妈妈就去世了。他的父亲没有送他去念初中，此后八年父子俩就一起经营旅店，直到他去服兵役。泽波杰特退伍两个月之后，他父亲就去世了；他一直撑着直到儿子从部队回来，看样子似乎是要把旅店保持在自家手中。这年他六十三岁，在一个春天的早晨，死在了高高的半月形柜台后的圈椅里。殡仪员被请了过来，他们在后院为他清洗了身体。葬礼后，阿訇问泽波杰特他祖母的名字。他不晓得，也不愿胡乱捏造一个（考虑到天堂里或此间人世可能的纠纷），他只是垂下目光，满脸通红。"没事，孩子，"阿訇说，"母亲就是母亲。"吕斯泰姆贝伊那天晚上收到电报，第二天早晨就赶到了。他进行了吊唁，收了余款，然后把旅店移交给了泽波杰特。"旅店都是你的了，"他走时这么说道，"一定得找个女人来。""我父亲提到过他母亲的名字没有？""我没听到过。为什么不查查他的出生证呢。""我在他的口袋和保险箱里都找遍了。没有。"

女佣

栗色头发，深蓝眼睛。一张长脸配着上翘的鼻子，还有牙齿突出、嘴唇丰满的嘴巴。中等身材，骨肉平滑结实——人们把这叫作"像鱼一样紧实"。三十五岁，略有点罗圈腿。两年前，一个自称是她舅舅的人带着她从一个遥远的村子来到这里。"雷杰普阿迦说你这儿需要一个女人。"经过一番关于薪水的讨价还价，他们就让她夹着包袱上楼了。他让这个男人坐下喝杯茶，他们一边饮茶，他一边听了这个女人的身世。好像是她父母双亡，他家，就是这位舅舅家，收留了她。十七岁时，他们把她嫁掉了，但是婚礼那天夜里快拂晓时，新郎就把她送了回来，说他想要个处女。"那么好吧，小荡妇，是谁干的？她说不知道，就是不肯说是谁。我打了她，诸如此类的。她只是一个劲地说真的不知道。停手吧，我太太说，又能怎样呢？"五年后，他们把她给了邻村一个有三个孩子的鳏夫，过了不到三个月，他把她送了回来，因为她太贪睡。"她总是睡啊睡的，不过睡醒了倒是挺勤快。在乡下，一个离了婚的女孩是没有太平日子的。如果她碰巧又不会生育的话，那就真的一点儿太平也没有。单身汉、已婚男人，都冲她挑逗卖弄，伺机而动。我们有一天从雷杰普阿迦那里听到消息，就来了。现在，如果您原谅我……"他走过去向楼上喊话。"泽伊——内普！我要走啦，你这野丫头，你不来吻我的手道别吗？"没有回应。他摇摇头。"那么，一切顺利。"然后就走了。泽波杰特上到阁楼上，但没找到她。他又找了其他的楼层。原来她把包袱丢在了二号房间的中央,就在床上呼呼大睡起来。第二天早晨他叫醒她。她迅速摸清了日常例行的工作。她一直戴着头巾,每隔一天就要铺床、擦地板、擦灰尘、煮饭,星期天洗衣物,并称呼泽波杰特为"阿迦"。不过她不怎么说话。一天,她刚开始擦洗楼梯,一位老农夫从三楼下来,她抬头看着他。"大叔,您知道辛德利村吗?""当然。""那儿的麻脸阿里是我舅舅。"这个舅舅每年会来几次,带来一麻袋奶酪,聊会儿天,装上她攒的钱,然后就走了。"我该给他吗——你所有的积蓄?""当然。当然了,没什么。"她舅舅总是要求拿到一张精确到每一库鲁的账目清单。"五米棉绒布,付给女裁缝的钱,羊毛背心……""那是什么?羊毛背心?她来这儿时有件棉布的。"自从她舅舅最后一次出现,到现在已经过去六年了。(第一个星期的一个下午早些时候,她正在跪着擦洗大厅的地板。泽波杰特坐在圈椅里看报,某一刻他抬头看了看。她正倾身向前,灯笼裤勾勒出她丰满的臀部。她一边这么擦洗,一边慢慢向后退,这就产生一种一起一伏的姿态。他低头继续看报,但从那一刻起,他就把她看作一个年轻的女人了,这个女人白天起床走动,晚上就睡在他的隔壁。他去睡觉时,会在她的门外略作停留,而后就难以入眠。梦中他又回到了在部队的那段岁月,城里的那幢房子,还有里面住着的高个子女人。这两个女人常会混成一个。早晨,当他去叫醒她,那间屋顶低矮倾斜的房间总是臭臭的。开了窗子,他就会站在她床边,摇她的肩膀,并好似无意地触到她的胸脯。一天晚上,他睡下后又起身,来到她的房间,打开电灯。天很热,她睡觉没盖被子,连衣裙高高地撩起。他关上门走过去,解开她的纽扣,一手握住一只乳房,结实,丰满。他摇晃她。她没醒,在睡梦中说道:"是你吗,舅舅?"他再摇摇她。"女孩,醒醒,好吗?"她睁开眼睛,坐起身来。"我就起来,阿迦。""别起来,往里让一让就行。"她向墙边挪了挪,看到泽波杰特赤裸的胸膛和突起的短裤。她背过身躺在那里。当他爬上床来,翻过她的身子让她面孔朝上,她闭上了眼睛。他费了一番工夫脱下她的灯笼裤,露出一丛浓密之地。他压在她身上,向前挺进,喘息,呻吟。过了一小会儿,他直起身子,她躺在那里看起来很修长。他俯身去听,她的呼吸平稳安详。

下了从安卡拉开来的晚点列车的女人

二十六岁,相当高。胸部丰满,有黑色的头发和眼睛,长长的睫毛,眉毛稍稍修过。尖尖的鼻子,薄薄的嘴唇,肤色较深、脸孔紧致。

自称是退役军官的男人

中等个头,身材粗壮。头发基本上灰白了。绿色眼睛,浓密眉毛,肥脸上长着薄唇。他来那天早上留在登记簿上的出生证明,中午时又被捡起来看,上面写着他的名字叫格尔金·马哈茂德;他父亲叫作阿卜杜拉,母亲叫法蒂玛。上面还说,他于一三二七年出生在埃尔津詹。(根据现代历法,大概是一九一〇年或一九一一年。)

猫

雄性,黑色。泽波杰特接手以来,旅店的第二只猫。

镇上一个跟着父亲去看古代遗迹的高个儿女孩,曾在这里住过两晚,她的手提包里总是装着一些马栗。她给这只猫取名为烟墨,不过没人用这个名字叫它。

房间里的两块毛巾

1. 旅店的毛巾。挂在镜子右边。小小的,纯绿色。毛巾一角用白线缝着一个略微有点儿歪斜的 M 和一个直直的 H,两个字母之间有一个模糊的圆点。这是在三块毛巾被客人带走后,泽波杰特为了防止失窃而加上去的。在他父亲管理的时代(有足足三十年),只有一块毛巾被拿走,而在泽波杰特执掌的这十年中,统共已有九条毛巾和两双拖鞋被带走了。他父亲随后以这起事件为依据猛烈地控诉人类,宣称人类全都是窃贼。事实上,旅店里持续增长的偷窃事件,若平静点考虑的话,其可能的原因或许可以归结如下:

a)周围可能有更多的小偷了;

b)乐于反叛荣誉、体面等传统价值的人也许更多了;

c)泽波杰特父亲身上的某些东西或许震慑住了潜

在的小偷。(这种可能性最小。在泽波杰特十六岁,还在等着长胡子时,吕斯泰姆贝伊,那时每个月都从伊兹密尔过来收取旅店的盈利,有一次曾抚摸着他父亲的头发,称他为"瞌睡虫老兄"。)

2. 下了安卡拉来的火车的那个女人落下的毛巾。被丢在铁质床架脚上,一半拖到了被子上。这块毛巾有红色和黄色的宽条纹和黑色的窄条纹。

星期一

他在昏暗的屋里醒来,从床边的斗柜上取过一块很重的欧米茄怀表,这是一个朋友为借两枚金币而抵押给他父亲的(那时他父亲还是人口统计局的一名职员)。他把表凑向窗边——五点三刻——上好发条,又把它放下。他内裤前面突起了,他用左手按了下去,然后坐起来,嗅嗅自己的汗衫,下了床。上厕所之前,他在煤油炉上添了些水。在外面洗了澡,擦干,裹了一条毛巾回到屋里。他从斗柜里取了一些干净衣物穿上,对着墙上的小镜子梳理头发。小胡子一如既往。他将怀表塞进背心口袋，把窗户打开，整理好床铺，再把袜子和毛巾扔到盥洗室里。然后就去女佣的房间，打开窗户，叫醒她。

他下楼取下前门的铁闩，从左边口袋掏出钥匙开了锁。他在餐室里用两人量的壶烧好开水，为自己泡了茶，在托盘里摆好早餐。快七点时，他就坐在办公桌前吃早餐了。茶里照例加一块方糖。楼上传来乒乒砰砰和吱吱嘎嘎的响动，一个胡子浓密的中年农民下来了。泽波杰特问了他前一晚睡得如何。他不是那个村子来的。

"早餐愉快啊。"

"要一起吃吗？"

"不了，谢谢。我要付多少钱？"

他付了账，离开了。泽波杰特挑挑拣拣地吃着。又多喝了一杯茶之后，他清理了托盘，刷了牙，然后坐回椅子里，点燃一支香烟。过去这三天，他偶尔会抽烟，但并不使劲往肺里吸。他周五那天也抽烟了吗？周五真是一团糟。在那个自称是退役军官的男人午餐后看报时，泽波杰特打了一小会儿盹儿，然后被敲桌面的声音弄醒了。他抬头看到一对笑容满面的年轻夫妇。他刚刚打鼾了吗？这两位是刚分配到高中就职的已婚教师，周二入住的。他们打算在这里一直住到租到房子为止。"感觉不舒服吗？""不，只是有点儿头疼。"

他把香烟放进烟灰缸，打开面前的登记簿，开始把昨天表格上的内容工工整整地誊抄上去。登记簿上一页记两天，每天都标着一到九的数字，根据每个房间的床位数来排列。他翻回到星期四。上面有十二个名字，但那个下了从安卡拉开来的晚点列车的女人住的那间什么都没登记。这其实无关紧要，因为他每年只把这个房间给极少的客人住，而且每隔一周他就会用一两个空床位来解释每天少掉的那些里拉——每天早上当他利用把抽屉里的现金转入保险箱的当儿，这些里拉就从旅店的资金变成了他自己的。但他想要坐实她确曾住过那里的事实，就在那间屋子，就在那个夜晚。尽管如此，他仍然没法填上一个名字。

他合上登记簿。他的香烟已经烧完了。两个男人并排下楼来了。他们是家畜经销商，时不时会来住店。他们付了账，正要出去，这时他差一点儿就要问他们了。算了。还是去趟理发店好了。收起现金时，他左手中指的疣"砰"地撞在抽屉上了。前一天早上他就把这个疣弄流血了,当时他试着用指甲把它抠下来。他把抽屉关好。保险箱上的钟表显示八点差一刻。那人说过八点一刻去叫他们。他给钟上了发条后放回去。女佣走下楼来,她要出去采购了。他列了一张清单。四个鸡蛋,两包耶尼杰牌香烟,四盒火柴。他从口袋里掏出父亲留给他的宽大皮夹,取出一张五十里拉的钞票,和那张单子一起递过去。

"在采购的杂货之外再加上这些。"

她的手昨天洗衣时染成紫色的了。她注意到了吗?他也说不上来。她离开时,三个年轻人从三号房下来,手里提着木箱。其中两个留着整齐的胡子,另外那个唇边剃得干干净净。泽波杰特前一晚了解到他们是要赶去服兵役。他们嬉闹着讨论谁该付账。然后各自付清离开了。

女佣从杂货商那里回来,把找回的钱和香烟、火柴一起放下。她的网兜里装着两条面包,她上楼前把一条存放在了餐室里。泽波杰特从椅子里起身,在大厅里伸展了一会儿腿脚。八点一刻时他上到三楼,停在六号房门口。他能听到里面人活动的声音。这是那两位教师的房间。他敲敲门。

"好啦，我们醒了。"

"好啦，我就起来了。"她那天早上这么说。期待她这个傍晚就回来还太早了。他下楼去坐在椅子里。人们一般不会在早晨来投宿的。每当外面街上有大型机动车经过，窗玻璃就会给震得咯咯作响，整栋楼也要被撼动了似的。当伊兹密尔—安卡拉线的火车燃油机轰隆隆的声音传入他的耳朵时，两位高中老师从楼上飞奔而下。他们一边冲出去，一边喊道："早上好！"现在只剩下那位自封的退役军官还留在楼上。他总是在将近中午时才下楼来。出于某种原因，泽波杰特觉得他今天就要离开了。

前门开了。是报童，他送来一份报纸。每周一泽波杰特都把一周的住宿登记表交给他送到警察局去。此刻他打开右边抽屉翻找了一会儿。

"要不你明天过来时再顺便把它们带去吧？"

"好的。再见了。"

"再见。"

他浏览了一会儿报纸。塞拉普今天很紧张，警觉地寻觅着嫖客。塞拉普（她还有其他名字）是个长着削肩膀的街头妓女，她有时会带男人来旅店。泽波杰特把报纸折起来放在一边，他打开现金抽屉，又从内兜里掏出钥匙打开保险箱。里面有两层。上面那层除了进账和两本出生证明册之外，还有一个信封，上面写着"旅店"，泽波杰特把抽屉里的现金放进这个信封里。他从装零钱的小铜碗里取出一里拉放进下层的一个相似的碗里。下面这层有两个信封，其中一个标着"泽伊内普"。另外一个较厚的标着"我"，泽波杰特从里面取出两张五百里拉的钞票。然后他关上柜门，上了锁，把钥匙放回口袋，又取出钱包，把两张五百的钞票和其他一些一百的放在一起，然后合上钱包，放回口袋里，用左手轻轻拍了拍。他坐下去，手深深伸进胸前的兜里，掏出从安卡拉开来的火车上下来的那个女人给他的五里拉钞票。他把钱展平放在登记簿上。确切地说并不是给他的。她付了两张十里拉，并说不用找了。那个早晨，在她房间里待了片刻之后，他就从要放进保险箱的那些钞票里扣下了这五里拉。现在他把这张钞票对折又塞回口袋里。

　　接近中午的时候，退役军官下楼来了。在他惯常穿的运动夹克里面,是一件浅绿色的毛衣。没拿手提箱,这说明他还要继续住。路过前台时他侧身问好,脸一如既往刮得很干净。他出去时,轻轻关上了前门。

中午时分,女佣用托盘端来他的午饭,还拿来了房间钥匙。

"你把二号房的地板擦洗过了没有?"

"擦过了。"

"床单也洗干净了?"

"都洗干净了。"

他把钥匙挂起来。房间号码是刻在金属上的。他胃口恹恹地吃完饭,去餐具室洗了手和嘴,又回来。点燃一支香烟,咳嗽着。女佣来收餐盘了。她自己都是在楼上厨房里吃饭的。他掐灭香烟,听到一点十分的车进站了。外面,那女人把昨天洗的衣物从晾衣绳上收下来,又搬到餐具室去。当她开始熨烫时,已经过了一点半了。没人要来,他站起身。在那个房间的门前停了下来。

"我出去一会儿。如果有人要住宿,就说有床位。"

"好的。"

他环顾四周。每样东西都各安其位。他就打开前门出去了。天气不错，只有一两片云彩。他直奔市中心而去。他自然不能去附近那家通往车站的街上的理发店。今天不是他去那儿的日子。每过四周的一个周四下午，没有顾客等着理发的时候，那位理发师就会派他的学徒来旅店叫泽波杰特过去剪头发。不管怎样，如果他跟长期给他剪发的理发师说要把胡子给刮了，将会引发没完没了的批评议论的。他宁愿去通往市区的大道上的一家。他很少离开旅店。除非有什么事情，就像现在。他一两年去裁缝那里做一次衣服，六个月去土耳其浴①搓一次澡，四个星期理一次发，每个月去一次邮局，把旅店的收入寄给现居伊斯坦布尔的法鲁克·凯奇吉。他一年交一次税，不过既然这桩差事也要在邮局做，就不需要他另外再多跑一趟。每当他外出，尤其是去洗土耳其浴，他都放心不下旅店。现在他也是急匆匆的，另一个原因是……

---

① 土耳其浴，十五世纪土耳其人攻占君士坦丁堡后继承了古罗马人的洗浴习惯和公共浴场。洗浴的人先在暖间通过高温发汗，然后用清水冲洗身体，并搓洗污垢、按摩刮脸等。土耳其浴室是重要的交际场所，土耳其人进浴室多携带丰盛的食品盒，沐浴后聚餐会友，聚会往往持续数小时。——中译者注（下文的注释均为中译者注，不再另做说明）

"你好！这是去哪儿啊？"

退役军官正拿着今天的报纸往回走。

"只是去趟城里啦。"

他继续走，穿过松树林和那所高中，来到了大道上。每年大片的空地都会盖起越来越多的办公楼和公寓楼。银行和百货商场看上去很繁忙。印刷厂大街的街角，有一家设有三个座位的理发店，其中两个椅子空着。他一走进去，那位年长的灰胡子理发师就从角落里站起身来。"快请进。"他扶着一把椅子说道。泽波杰特坐下来，往镜子里瞧着。整齐的方胡子。理发师用围布围好客人的脖子，就开始修剪了。

"住在附近？"

"不，刚好到城里办事。"

"要剪短些吗？"

"不要太短。"

他旁边，一个年轻的学徒在观摩理发过程。理发师说了些什么，泽波杰特没听清。他把头向后靠，闭上眼睛，好让理发师涂肥皂。剃刀划过他的脸颊，他的喉咙，他的下巴，来到了他的上唇。

"把胡子也剃了。"

理发师笑起来。"您真会开玩笑。"他说。

理发师一边用两根手指扶住泽波杰特的鼻子，一边用剃刀在他的唇边仔细操作。当他睁开眼睛，胡子已经不见了。现在他的眉梢、嘴角和鼻子都略有一点上扬了。理发师让泽波杰特把头低向洗脸池，帮他洗了脸，擦干后又取过来一个小罐子。

"不用打滑石粉了。"

他站起来好让学徒帮他扫去肩膀上和衣领上的碎头发。然后从外套胸前的口袋里掏出五里拉钞票递给理发师。

"不用找了。"

半小时后，在一家男装店的屏风后面，他站在靠墙放着的又高又窄的镜子前，一边清空旧外套的口袋，一边观察自己身着黑色休闲裤、浅蓝色毛衣和三个扣子的黑色运动夹克的形象，这些都是那位年轻的店员热心帮他挑选的。他把手绢和安卡拉开来的火车上下来的女人住过的那间房间的钥匙装在右边口袋，前门钥匙、火柴和香烟装在左边口袋，保险箱钥匙和主要用来修指甲的小刀装在里面的兜里。宽大的皮夹不太好装，尽管硬塞还是塞得进的。不过他还是把钞票取出来放到后面的口袋里,而把钱包放回原来那件外套的旧口袋里,零钱则放进左边的裤子口袋里。他又把表从马甲的表链上摘下来。休闲裤上没有表链,而且那表着实也显得太大了。这该怎么办呢?他暂且把它放进上衣右边的内兜里。椅子上还搁着个小袋子,里面装着和他身上穿的这件蓝色毛衣同一款式的一件浅绿色毛衣。最后看一眼镜子,把夹克的下缘拉直,他就从屏风后走了出来。店员立即迎上前来,帮他调整毛衣领子,并解开夹克外套最上面和最下面的扣子。

"妥啦,非常合适。再配一双黑色鞋子就完美了。"

"这些一共多少钱?"

"您可以去收银台那里付款。我帮您把旧衣服包起来。"

很快他就胳膊下面夹着一大包东西离开了。他走过一家银行、一家果仁蜜饼店、一家裁缝店和一家药铺,然后拐进一家商店,这里的橱窗内陈列着成排的鞋子。他选定了一双黑色的休闲皮鞋。这双鞋穿着挺合脚,他就让把那双棕色的旧鞋包起来了。他付了钱走出来,夹着包裹走下路沿,正要过马路,突然听到一声尖叫,他僵住了，看到一辆小轿车就停在离他几步远的地方。司机微笑着摇摇头，泽波杰特也报以一笑。"抱歉。"他说。过路的人也停下来和他们一起笑。他加快脚步。一丝甜蜜的危险气息——但死去终归是多么容易啊。

他沿原路返回旅店。一走进去，目光就与正在角落读报的退役军官的目光遇上了。女佣这会儿正在餐具室里熨烫衣物。

"有人来吗？"

"三个男孩儿。他们把行李留在这儿了。"

他走过去，避免看向退役军官。三个手提箱放在楼梯下面。他上到楼上房间，在床上打开包裹。他把外套和裤子挂在床脚的衣柜里，把鞋子塞上纸，和其他鞋一起放在柜子底下。那件新的浅绿色毛衣挂在墙架上。然后他看着镜子。"真会开玩笑"，理发师这样说他。这话并不能很好地解释这件事，但重要的是结果。他的胡子没了。他从内兜里掏出表——差不多三点半了——把它放在柜子边缘。暂时可以先用楼下的闹钟。他把包装袋折起来放在盥洗室里，然后撒了一泡长而持久的尿。他又下楼坐在他的椅子里了。那退役军官仔细打量着他。

"你看上去年轻了。"

"谢谢,先生。"

他拿起桌上的报纸读起来以避免交谈。他右脚小趾上的鸡眼被新鞋磨得生疼。他悄悄脱下鞋子活动活动双脚。他忘记去要些祛疣的药了。尽管疣看上去确实小点儿了。那个村子里有一户人家是祛疣巫师。他又把脚塞进鞋里。女佣这时完成了熨烫工作,关上餐具室的门,向楼梯走去,并没瞧他一眼。退役军官点了一支香烟,泽波杰特也照样点上一支。他忍住咳嗽。今晚看样子他要一直盯着烟灰缸了。旅店里静悄悄的。外面是汽车声和脚步声,里面是闹钟的嘀嗒声。

五点钟光景,他探身打开墙上的电灯开关。退役军官被惊扰了一下,他放下报纸,又拿起一本书。他每天下午和傍晚都那样坐在那儿,这让泽波杰特很心烦。一个人独处自有其好处,比如像他惯常的那样时不时起身,在大厅里随意溜达溜达,或者挖挖鼻孔——也不经常这样——只是当需要的时候,要么就是抬起一边屁股放个大响屁,再或者,当他的屁股汗湿了,就站起来用裤裆扇一扇。所有这些他此刻都不能做了。他脱鞋的时候尽量不引人注意，就连咳嗽也给憋回去了。以前很少有人坐在大厅里。有时巡回剧团的五六个演员会来住店，演出结束后就在那里消磨时光，四下里闲坐着，在吞云吐雾中聊聊他们的本行，抱怨抱怨薪水，发表一些平淡无奇的议论。泽波杰特会给他们泡茶。这些团体通常会有两个女人。有个女演员某天晚上曾抱怨不得不饰演三个角色。每逢政治会议，就会有五六个县代表坐在大厅里开小会。若是谈得热烈起来，某个重要人物的名字被提及，就会紧接着一声"嘘——"并且向泽波杰特的方向笼统瞥上一眼。鉴于公开的谈话涉及的都是些人尽皆知的事务，那么看起来国家真正的运转恰存在于这些窃窃私语之中。曾经有一次，牙医他……

门开了，他俩都望过去。是昨天的家畜经销商中的一个。

"我们今晚还要继续住。有人住了我们房间没有？"

"没有，还空着呢。"

那个人转身时停了下来，盯着泽波杰特的脸。

"你把胡子剃了啊。"

"它越来越累赘了，"他笑着说，接着又低声问，"今天早上我的胡子还在吗?"

"说不出来,我没留意。"那个人回答道,然后离开了。

看来关于胡子的问题尚无定论。事实上,完全不必有此一问。就算确切地回答了"是"或"否",也没法儿把这事说明白。他从抽屉里取出一张表格,在五号房间那栏填上家畜经销商的名字。然后他点上一支烟,看着退役军官,那位正坐在那里,右手捧着一本书,凑近了读着。泽波杰特把烟抽完了,继续注视着他。那书一页还没有翻过去。星期六傍晚他走出去时曾踱过去偷瞄了一眼。那书不是土耳其文写的。

女佣把晚餐端来时,退役军官起身出去了,把书留在了那沓报纸上面。晚饭和中饭是一样的菜色,但泽波杰特却吃得津津有味。他自己收了餐盘端上楼去,因为女佣服侍完后都是径自睡觉去了。他把猫赶出厨房,锁上厨房门。下来时他听到已经六点四十分了。他把烟灰缸里的烟灰清到垃圾桶里,在前门和楼梯之间踱了会儿步。在她的房门前,他停住了,将手放在那个球形把手上,这时大门开了,他赶紧把手缩回来。他转身看到是那两个教师。

"今晚你打扮得这么齐整,是有谁要来访吗?"那个女人笑着问。

"我们的东西到了,"她丈夫说,"我们明天就走了,所以我想先把钱付了。"

"为什么不等到早上再付?"

"不了,现在就弄好吧。明早可能时间很紧。"

他从后袋里取出五百里拉放在登记簿上。泽波杰特走到桌子后面打开保险箱。双人床的房间,单独一位客人十五里拉,两位一起就是二十里拉。他从旅店的那个信封里数出要找的钱,把保险箱重新锁好,然后把他们的房门钥匙递过去。那女人接了。没涂指甲油。

"请您八点叫醒我们好吗?晚安啦。"

"晚安。"

那女人上楼时,一只胳膊挽着那男人的胳膊。两人都背着小皮包。她屁股浑圆,腿型美好。他移开目光,拿起一支笔开始填他们的表格。她叫赛义德。和他妈妈同名。星期二他们入住时,这吓了他一大跳。星期四晚上……门开了,两个戴帽子的中年人出现在门框里。看外表像是农夫。

"有两张床吗？"

"有的。"

他把他们安排在二楼两个三人间中的一间。四号房。

"你们从哪里来？"

"克佩克利。"一个说。

不是那个村子。他给了他们一把钥匙。

"上了楼梯往右走到底。右边第一个门是厕所。不要锁门，可能还得安排一个人住进去。"

他们上去了。有时三个完全陌生的人会共住一屋。三年前的一天早晨，他下楼来发现前门开着。不知是谁偷了他室友们携带的所有钱财和手表逃走了。鲜少离店外出的他这次可得出门一趟了，盗窃发生的十天之后他作为目击证人被传唤到法庭。面对法官的询问，他起初几乎没认出被告来。但在那吓坏的样子之下，确实就是那个人，年轻，中等身高，长着一张窄窄的黝黑的脸。有时，泽波杰特在午夜时分上阁楼去的时候，会听到那些房间里两三个男人轻声交谈的声音。他打了个哈欠。用左手小指挖了挖左鼻孔，看着自己的鼻涕渐渐变干，然后把它抹在椅子下面。他皱起脸来。一听到从安卡拉开来的柴油火车的声音,他就看了看表。今晚差不多准点。他起身去餐具室把水放上煤油炉。泡好了茶,他出来看到两个男人走进大厅。其中一个他认得,是一个县律师。他的同伴年纪稍大些,穿着考究。他们背着包,很可能是从安卡拉参加完诉讼回来。

"这里有双人间吗?"

他从架上拿下一把钥匙递过去。

"三楼的九号房。"

这两人还在上楼梯时,家畜经销商回来了,看上去满脸不快。他给了他们钥匙。接着退役军官进来了,在身后轻轻关上门,然后走了过去。

"有人来找过我吗?"

"没有,先生。"

他没喝酒。收好他的报纸、书和钥匙,他就道了晚安上楼去了。是泽波杰特的猜想,还是他确实在等她?他喝了两杯没加糖的清茶。这会儿已经过了十点半了。十一点多,三个年轻人进来了,就是他外出时住进来的那几个。他写下他们的名字,一边把钥匙递过去,一边询问了几句。他们从阿菲永来,要去参军,这会儿刚看完一场电影。他们从楼梯下面取了行李就上楼去了。没过多久，头顶上乒乒砰砰的声音停息了。他点燃一支烟，抽了一半又掐灭。还没到午夜，但不会再有人来了。他锁上并闩好前门，关了灯，从右边口袋里取出一号房的钥匙。一进去他就关上了门。灯亮着，每件东西都是她留下的样子。床右边的挂钩上……她去那个村子做什么？在过去这四天里他头脑中想到的所有可能的答案当中，最有可能的就是，她有个兄弟被派到那里教书了。她顶多去一星期。那么，哪天傍晚，她就会乘坐六点四十的火车，回来再住上一晚的。就在这儿。在她的房间里。他走向铜烟缸，想去查看那两支抽了一半的香烟。它们的商标看不清了。泽波杰特伸过手去，中途却停住了，转身离开了房间。他拿钥匙锁了门，又放回右边口袋里。他小心翼翼地走上楼梯，避免发出吱吱嘎嘎的声响。走廊灯都开着。他停在三楼六号房那黑洞洞的钥匙孔前，听到里面传出含混不清的说话声。他伸长脑袋去听，就像周六时那样。昨晚，这间屋子里很静。"啊……抱紧……啊啊。"是那女人。那男人的声音也传来，但是低沉含糊。脸紧绷着，嘴半张开，双眼紧闭。"好，好，直到早上……啊,一直抱着我,别放开……啊啊……我都是你的!"里面突然传来吱嘎声,他直起身走开了,慢慢爬上楼梯。在他对面一双眼睛熠熠发光。是那只猫。泽波杰特进盥洗室时,它蹭到他了。泽波杰特踢了一脚没踢到。他打开水龙头洗脸,洗了很久。

星期二

他在昏暗的房间醒来,从柜子边拿起表来凑到窗前。六点差五分。他给表上了发条,放回去,然后把胳膊缩回被子里。他生硬地把手伸进内裤裤裆,用左手挤压它,然后用手指拨弄拉扯其冠部。(那是他第一次造访镇上的那栋房子,就离营地不远。哈利勒下士带他去的。他俩在营房睡的是两张并排的下铺。最初几个月,他们总是被分派在午夜执勤站岗,那可是最痛苦的差事。他从不抱怨,但哈利勒下士会对中士们叫骂。为了避开宪兵,他们从那幢房子后面的空地过去,从一扇窗子爬进去,那窗户相当高。有一个上了岁数的大牙缝女人给他们开窗。哈利勒下士先进去,再把泽波杰特拽上来。五六个浓妆艳抹的半裸女人在客厅里无所事事地四散而坐。一个高个女人用随意而单调的嗓音大声说道:"哈,我的小士兵来了。"另一个则坐在哈利勒下士的膝头。"想的话就跟她上去吧。"他说。在狭窄的楼梯上,泽波杰特可以触到她的大腿和屁股。他的心猛烈地跳动。"我马上就回来。"当他们来到一间小屋子,她这样说道,"你脱了衣服躺下吧。"他急匆匆地把自己剥了个精光,坐在床的那一边。那玩意儿硬得像根棍子,直冲着他的肚脐眼。他突然想到要把内裤穿上,但就在这时那女人回来了。她穿了一件及膝的粉色长衬裙,下摆绣着花。一双丰美诱人的巨乳呈现在他眼前。"哇哦,看哪,"她说着靠了过来,"那家伙都快有你一半身子那么大了。")

他坐起来下了床,去了盥洗室又回来。穿衣服时他在两件毛衣之间犹豫,最后选了浅绿色那件。他梳了头,打开窗,整理好床铺就往女佣的房间去了,但要开门时停住了。今天不用烧饭的。除了打扫打扫房间,她没什么事好做。十年中头一遭,他由她继续睡去。

他把早餐托盘拿进餐具室,在那里刷了牙。回到椅子里坐下，他打开登记簿，开始对着昨晚的那些表格登记入住条目。登记完二楼的，就该登记六号房了。八点要叫醒她的。那女人让他想起了自己五年级时的老师。年轻而温和。毛希丁，一个早上来上学之前在街上卖西米特①的库尔德男孩，给她起了个绰号叫"没籽的"。校长有一天来到班上揍了这孩子一顿。就是这个孩子曾作过一首押韵诗来嘲弄泽波杰特。毛希丁以前老是这么唱："他妈觉得总算生了个儿，但泽波杰特只是揉面团儿。"他写下六号房那女人的名字，想知道五年级教师现在都在教什么，还有那些年纪大的男孩是否会专心听讲。赛义德。泽波杰特的妈妈身体很虚弱。她出生于这栋房子，就在那个现在的六号房里，而且她自己的妈妈貌似生下她没多久就死了。至于她的父亲，凯奇吉家的一个亲戚，大概是跑掉了。她甚至有可能是私生女，乃吕斯泰姆贝伊的父亲和一个家养女仆所生。哈希姆贝伊似乎从不让这些女孩安生。甚至当他已经过了六十岁了，端咖啡去他房间（晚上是在阁楼上，领头女仆卡德

---

① 西米特，一种撒上芝麻的面包圈。

里耶房间隔壁)的那个女仆,胸部和屁股还会被他捏上一把。她对此一直保持沉默,直到有一天他强行把她按倒在大垫子上,她终于大喊救命。他儿媳妇是第一个赶来的,心下虽然惊愕,但还是尊重体面地处理了事情。没过多久,他就老糊涂到了全然不知收敛的地步。一看到女人,他就会掏出他那硕大的、皱巴巴的家伙招呼她们。"别害羞呀,宝贝儿。毕竟我们结过婚的。"他们把他锁在后来成了三楼盥洗室的那个房间,他最后在那儿死去。

楼上有人来回走动。他写下九号房的名字,就合上了登记簿。早年的那些登记簿都存放在楼梯下面的一个箱子里,一起放着的还有他父亲的一些大部头历史书,这些书是用古老的阿拉伯字母印刷的。泽波杰特小学一毕业,他父亲就教他识这种字母。"你会学得很快的。我学新的字母表只花了十天呢。"泽波杰特的父亲曾经是一名人口统计员。解放战争期间没被征去当兵。他出生于亚达那,他自己的父亲在那里租赁了一栋房子经营旅店。一天,他还在学校上课,这座旅店在一次轻微的地震中倒塌了,他的父母弟妹全都死在了瓦砾堆下。放学后，他暂时和姑妈一起住，在成为统计员之前，在一家旅店里工作。他离开亚达那，在新的镇子上安顿下来之后，曾为吕斯泰姆贝伊的三女儿办过出生证明登记和户口簿。两个男人就渐渐熟识起来，有时晚上会一起在咖啡馆里玩双陆棋。有人为他做媒。一天傍晚他受邀去庄园宅邸吃晚餐，他们把门打开一条缝，刚够他瞄一眼那个后来成为泽波杰特母亲的女人。他同意了，就在希腊人进驻的前一年，他们结婚了。那时她三十二岁，他二十八岁。

八点他叫醒了教师夫妇，半小时后他们下楼来了。

"我们会叫人来取行李的。在你旅店里这一个星期过得很愉快。再见！"

"再见，先生。"

那个男人伸出手来，泽波杰特与他握手，但与那女人握手时却没看她的脸。她的手指圆润饱满。当她松开手，他就把手背在身后。手心出汗了吗？那个男人把一张十里拉钞票放在桌子上。

"你昨天忘记算茶钱了。"

他们星期天曾在房间里要了茶水。他上去时，他们正面对面坐在桌前,一直在那里批改试卷。

"那是旅店赠送的。不收费。"

"谢谢了。"

他看着他们离开。夜里她曾说:"我都是你的!"这世上一定有其他女人对她们的男人也这么说过。他想抽烟,误掏了右边的口袋。

他正在大厅里伸展腿脚,那儿除了退役军官之外其他人都走了,这时报童来了。泽波杰特走到书桌前,从抽屉里取出表格交给他。这样,那个下了安卡拉开来的晚点列车的女人周四晚上曾住在一号房的事实,就完全无据可查了。这段时间,他徒然地绞尽了脑汁。说真的,任何一个女性名字都行,但必须是她亲口说出来。过不了三天她就会回来,并说出她的名字的。他坐下,正要伸手拿报纸,突然改变了主意。他转而打开抽屉,取出现金,又走过去打开了保险箱。上层的碗里只剩一里拉了。他把这枚硬币放到下面那个碗里,再把两只碗调了个儿,之后又从手里的那沓钞票中抽出一张十里拉和一张五里拉放在他的后兜里。他把收的房费放进旅店的那个信封里，然后关上了保险箱。楼梯上有脚步声。在窗户开向后院的楼梯平台上，女佣停下来，脸转向一边。

"发生什么事了，阿迦？"

"没什么。你昨天累坏了，所以我就让你继续睡了。去把房间整理整理，再把六号房的床单换了。"

她走下来，从餐具室拿了些床单。经过他身边时，她犹豫着抬头看了看，这才向楼梯走去。或许她已经注意到了。她只要看看枕头下面的手帕就知道了。

那天下午他们正坐在大厅里读报（并不是说他真的读了很多。一两条标题，几行未加领会的印刷字——报纸对他来说就是一片空白），门开了，他俩都抬头去看。是来取行李的。泽波杰特从挂钩上取下钥匙，带那人上了楼。房间很亮堂，饰有金流苏的栗色窗帘向墙边拉开。她的窗帘则是拉上的，还忘了关灯。"这些东西一定装满了砖块。"那人说。他们走了出去，泽波杰特为他打开大门。回来坐下，他又拿起报纸。如果她六点四十分到，退役军官那会儿就出去了。但她可能在那之前就来了，因为往返那个村的合租汽车已经运营了五六年了。

那是个很大的村子,就在平原上不远。他父亲还在世的时候,他十五岁那年的一个夏日去过那里一次,是厄梅尔邀请的,"只要打听一下布莱克·穆斯塔法一家住哪儿就行了"。她一定也穿过了那片有座喷泉的广场。咖啡馆前露天坐着的男人们会盯着她瞧。他们曾在一个长长的葡萄园里吃香甜的葡萄,在库姆河中钓鱼。有牛卧在那里挡了他们的道儿,厄梅尔就从一头头牛的背上跃过去,而丝毫未惊动这些牲畜。泽波杰特则手里提着鞋和裤子,兜兜转转地绕了远路,厄梅尔和牧牛人都哈哈大笑。这是战争的最后一年,面包还很短缺。他要走的那天傍晚,他们为他包上了一条自家后院烤炉新烤出的面包。这么快就六点四十了吗?他向退役军官埋头读报的方向看去。这个人让他心烦的一个原因或许就在于他曾是一个军官。"泽波杰特,艾哈迈德之子!""是,长官。""小点儿声,我们又不聋。"在那个连队待了六个月后,有一天上尉问他从军前是做什么的,就让他做了自己的勤务兵。另外还有一个旅店职员,但上尉挑中了泽波杰特。那房子很大,玄关近旁有一间屋子,他就睡在那里。一早上都像个女佣……上尉的妻子和她上了岁数的姐姐会当着他的面无所顾忌地交谈，对他丝毫不加留意。每月一度当他们去洗土耳其浴时，他就会带着包袱，在街对面的一家咖啡馆里等他们出来。咖啡馆的店主和他的帮手就会戏弄他。"给女士们来四杯浓茶。""谁给带进去，你吗？""我是活得不耐烦了吗？难不成跟门边那个愁眉苦脸的婆娘一起进去？""瞧他脸红了，你想吗？夜里过来……"女人们总是带着她们的两个小儿子一起去。小的那个还在牙牙学语中，奶声奶气地喊他盖贝杰特。泽波杰特的父亲从来不知道他当过勤务兵。对于使用朋友的家庭住址通信，他给出的原因是从连队这边收到的邮件都要被拆开。泽波杰特的来信几乎总是一样。他时常要钱，要么是因为他的来复枪的枪管上有坑了，要么是他的水壶被偷了，再或者就是刺刀快断了。每周都有一两次，他会花一个下午去逛妓院，从后面绕过去，在那里总是那个大牙缝的老女人给他开窗户。"是来找你的，姑娘"，她会这么叫道。"我的小士兵来啦。"她们会挽着他一路拉扯过去。有时，常接待他的姑娘正在楼上跟别人一起，他就得坐着等待。"她已经忙活好一阵子啦，老弟。"她们就全都大笑起来。

他从不知晓那些上上下下的男人中哪个才是那个人。当她终于下来了,就会用与她的言辞完全不相配的倦怠腔调说:"我的小士兵来啦。"

"你们刚才在说什么?"

他赶紧打住,回答道:"没什么,长官。"

他吃晚饭时,注意到女佣站在楼梯旁,倚在栏杆上等他吃完。

"上楼睡觉去吧。"

她点点头,没做回答。他匆匆地扒拉着他的饭。豆子煮得有点过了。

"你用玉米粉做过一道菜。为什么不再做做看呢?"

"您是说卡查马克吗?好的呀。"

他把没吃完的面包拿到餐具室去放在一个盘子里,然后洗了嘴巴,照照镜子。再次刷了牙,就走出来,顺手关上门。女佣收走餐盘前已擦好了桌子。他坐下点了一支烟。已经抽了多少根了?他忍住咳嗽。外面不时有脚步声经过。听到火车声时他熄灭香烟。"你好,我的房间空着吗?我的房间空着吗?那个房间空着吗?有没有空的……？你好,有空房间吗?晚上好,有空房间吗?晚上好,我的房间空着吗?你好……"他抖了一抖,站起来把外套拉平展,然后绕到桌子前面,右手支在桌上,等着。他从一百倒数到三十三。没必要惊慌。她甚至可能明天都不会来。他从桌面上抽回手,走过去清理退役军官的烟灰缸。正当他更换烟灰缸的时候,门开了,进来一中一青两个男人。

"有双人间吗?"

"有。"

他走到桌子跟前,要了他们的身份证件。那个年纪较大的男人从口袋里掏出他俩的证件给他看。一样的姓氏。

"二楼五号房。我现在就把钥匙给你们吗?"

"不,我们过会儿再回来。"

他们走了。直到最近,泽波杰特都不怎么仔细审查他的顾客。只要不是烂醉如泥的人都能得到一个床位。他会假装没认出那些有时和客人假扮夫妻的妓女,给他们二号房或六号房的双人床,真正的已婚夫妇都住在那里。至于偶尔和他们人到中年的(通常是局促不安的)"父亲"或"叔叔"一起来的年轻男人,他都安排他们住有两张单人床的房间。这些夫妻、父子和叔侄的组合,都很低调,总是一大早就离开。但是自从五个月前的一起事件开始,他就对两个男人的组合起了疑心。五月中旬的一个夜晚,夜深时分一个年长的男人进来了,身旁跟着一个长相甜美、金发碧眼的年轻男孩。"有双人间吗?"他写下他们报的名字,把钥匙递过去。"二楼,右手边的五号房。"零点左右关灯上楼后,他停在他们门口听了听,听不出到底在说些什么("对的……他的")。他就继续上阁楼去,脱了衣服,进了女佣的房间。他正要躺下,忽听到下面有人大叫,叫了两次。等他急忙穿好衣服赶下来时,全旅店的人都起来了,五六个男人穿着内衣裤聚在五号房的门外。"是从那里面传出来的。""我们要冲进去吗?""我们报警吧。附近没有电话吗?""店主来了,"其中一个男人说,"让一让。"他敲敲门,隔着门问道:"刚才是你们在喊吗?""没事没事,那孩子刚刚做噩梦了。""你把我们都当白痴吗?"有人说。"请把门打开。"当门打开时,那个男人站在那里,光着腿,外套披在肩上,一副淡定的神情。那个男孩身着汗衫,正坐在床上,被子拉到腰际。泽波杰特站在门廊那里问:"出什么事了?发生了什么?""他骗了我。"男孩压着声音答道。"你是什么意思?我们要叫警察吗?"那个男孩,面色苍白,摇了摇头。"不。不,别那样做。""如果我们打扰到你了,我很抱歉。"另外那人说。他转向那男孩。"如果你愿意的话我就搬到另一个房间去。""不,别。"门前的每个人都默然了。"晚安。"那男人说着,在他们面前关上了门。"你能想到是这样吗,"一位老人家叹道,"好吧,各位,那我们就上床睡觉去吧。"他们散去之后,泽波杰特关掉走廊的灯。上了楼,他再次脱衣躺下,但难以入睡。第二天早上当那男人付账时,那男孩站得远远儿的。但当他的同伴说道:"你不打算向这位先生问早安吗?"他便微笑起来,声音不同于昨晚,然后道了早安。

"晚上好啊。"

"晚上好。"

是两个男人,还有一个面色灰黄、鼻子上缠着绷带的女人。泽波杰特说了些表示慰问的客套话,大意就是"祝您早日康复"。

"谢谢您。她今天下午早些时候,差不多是做礼拜时吧,流鼻血了,我们都没法止住。就坐火车带她到医院来了。她现在好些了。"

他写下他们的名字,在递给他们钥匙时打听了一下。他们不是从那儿来的。自从合租汽车开始运营以来,除了国家专营的"泰凯尔"公司收购烟草作物的时节,平日里附近村庄的人是不怎么来住店的。而当烟草季来临的时候,除了一号房之外的每间屋子都会住得满满当当。他正要挖鼻孔,却停下了,就好像有人正在注视他一样。

星期四

听到六点四十分了,他从椅子里站起来,绕到桌子前站定。昨天傍晚她没来。但今天是星期四。"你好,我的房间空着吗?……"他用一只手捋了捋头发。有这么多种可能的开场白,尽管她只会说一种。他摇摇头、捋捋头发,或者不耐烦地告诉自己快别想了,这些都没法把这一切从他脑海中赶走——不仅是可能的问候语,还有与之相连的那些无关紧要的细节……

门开了。是一位穿着帅气的男人。那张面孔……

"有单间吗?"

"可以预订吗?我等下回来。"

那男人转身离开了。那深色的、瘦削的脸,眼睛和嘴带着些许嘲弄。他以前见过这张脸。那么她今晚也不会来了。不会是她的兄弟或其他什么人让她待到共和国日之前再离开吧(或者是提出要跟她一起走)?或许他们已经在某天早上通过其他方式带她赶上了开往安卡拉的火车。他摇摇头。把毛衣领子拉下来一点。他这天早上洗过澡,还刮了面。(理发师的学徒下午来叫他。"跟他说我前几天已经剪过头发了。"那男孩走了,不一会儿理发师亲自赶来了。"泽波杰特艾芬迪,如果我们哪里做得不好……""不,不。我星期一进城去了,就在那儿把头发剪了。""当那孩子告诉我时,我以为你以后都不会再来了。""不,我还会再去的。""我看你把胡子也给剃了。""我想是这样的。""是个好主意。你看上去年轻了不少。"理发师走了。"他想要干吗?"退役军官问道。"让我去理发。")刮脸时,他仔细小心地让剃刀轻柔地掠过右边嘴角的伤痕。把脸擦干,他看到并没有流血，但还是做出用毛巾止血的动作。穿好衣服，他径直下楼来，半路又折回三楼，叫醒女佣。星期四她要到集市上去买一个星期吃的蔬菜。临明时分他从一个梦中醒来，在梦里他一再高潮。他的内裤湿了，前面黏黏的。他坐起来，用手接着那湿答答的排泄物去了浴室。梦遗是你没法控制的。很奇怪他会在梦里跟女佣躺在一块儿，对女佣他近来都没有动过那方面的心思。她的样子和现实生活中差不多，但眼睛睁着，搂着他，当他吮咬她的乳头时，她会说"啊，我是你的"，或者"啊啊，我都是你的"。他摸到裤子下面又大起来的那个地方，把它按了下去，重新摆好。在营房里，有时夜里他们会用拖鞋……门开了。是退役军官。一周来他的宽松长裤一直熨烫得平平整整。他或许在午饭时间去找裁缝熨了。那天中午,泽波杰特把自己的裤子也让人熨烫了。退役军官的鼻子红红的，所以他一定又喝酒了。他在常坐的扶手椅中坐下。

"今晚外面凉飕飕的。你这地方冬天怎么取暖？"

"楼下这儿有个煤油炉。楼梯顶有隔板，还有门。"

"其他楼层呢？"

"其他楼层不供暖。"

那人拿起他的书翻了开来。幸好他不是个话痨。而那个牙医……牙医独自待上半小时就会受不了的。从前一晚开始,泽波杰特对退役军官产生了某种亲切感。那人当时刚吃饭回来,停下说道:"过去六天你只出去了一次。你总是坐在这儿吗?"

"是的,先生。这是我的工作。"

"真不是个轻松活儿。你很好地撑下来了。"他的工作真的很艰辛吗?五年前,当法鲁克贝伊又涨了泽波杰特和女佣的工资时,他感到很羞愧不安,低头盯着地板。那是法鲁克贝伊第二次露面,第一次是在一九五五年吕斯泰姆贝伊去世的时候。分割财产时,姐姐们让他继承了旅店。"您想到楼上去看看吗?"他们一家搬到伊兹密尔去时,法鲁克贝伊只有两岁,但他孩童时期被父亲带来过几次。那天晚上他住在一号房,翌日早晨就离开了。退役军官左手举着书,右手夹着烟。正当泽波杰特要起身去泡茶时,门开了。是一位相当年轻的男人,他走过来时看了退役军官一眼,将身体探过写字台来。

"您好,"他轻柔地说,"我想请您帮个忙。"

"请讲。"

"我本打算和一位女士一起搭火车去伊兹密尔,但现在车已经开了三小时了。我想问问看我们能否在这里过夜。我们被困在这儿了,又不想在车站等候。"

"那位女士在哪里?"

"在车站。"

"好的,很欢迎你们入住。"

"太感谢了。"

他离开后,退役军官转向泽波杰特。

"那人是谁?"

"不认识。他问是否……是否可以带一个人来住店。"

"你说他在寻找一个人?"

"不,他要带过来一个人。"

退役军官脸色变得苍白,或许是因为酒精的缘故。门开了,是那个预订了单人间的男人。深色的、瘦削的脸……泽波杰特突然记起来了。两年前,这个男人走的时候欠了一晚的房费,他保证过后会回来补上。现在他就站在写字台前。

"是你领我去房间吗?"

"我们这里要提前付款。"

"为什么？我明天退房时会付的。"

"对不起。您还欠我们一晚的房费呢。"

"什么？我欠你们？"

"对。两年前。您说您过后会付钱。"

"弄错了吧。我以前从没来过这儿。"

"我可不认为哪里弄错了。"

"这太荒谬了。我不能住这儿了，要是您不信任我的话。"

"随您的便。"

那人笑起来。"滑稽的地方。"说着他就走了。退役军官收起他的书报。他看上去很痛苦，走向前台的时候面如土色。他病了吗？泽波杰特把钥匙给他，说了句："晚安，先生。"

那人直视着他的眼睛，突然间好像赌咒似的大叫起来。

"你真强！"

泽波杰特缩回椅子里，脸色苍白，那人转身走了。他想在后面叫住他，请他先别上去。但他怎么能够？当楼上的门关上时，大门开了。是一个拎着手提包的年轻女人和刚刚来过这里的那个年轻男人。他们看上去焦虑不安。那男人上前来到桌边时,那女人则停在远处,眼睛看着地板。泽波杰特从挂钩上取下六号房的钥匙。

"给你们一间大床房。"

"只有一张床吗?"

"是的。"

"没有一间有两张床的房间吗?"

"当然有,但这间更舒适。"

那男人转向他的同伴。

"你怎么想?"

她耸耸肩,说:"不知道。"

"好吧,那就给我们那间大床房吧。"

泽波杰特递过钥匙去。

"在三楼,左边第一个房间。六号。"

他看着他们上了楼梯。她穿着平底鞋,和他一样高,屁股紧实,双腿修长。那男人说他们被困住了。或许他们两个都是已婚的。他们会把握在房间里共处的时刻吗?她会首先想到把门锁上。

从安卡拉来的火车开过之后半小时,他锁了大门并上好闩。今天晚点了两小时,而不是三小时。他关上灯,进了那间屋子。星期二他给合页上了油。昨晚他只待了一小会儿,正要伸手去取毛巾时果断转身离开了。现在他向床头柜走去。那晚她就坐在床上的这个位置。她的黑毛衣,有大颗银珠子的项链……她还抬头看了看。茶壶,滤网,玻璃茶杯,放着五块糖的小碟子。他拿过来了六颗。他怎能确知她喝了一杯加了那块糖的茶?她甚至可能是把糖含在嘴里,一连喝了三杯。他的手迟疑了一下。然而他必须知道她是怎样喝了那茶的。他弯下腰去揭开壶盖,看到那里面还剩了一大半。她只喝了一杯。把壶盖盖回去,他又拿起她的杯子,在光下转动着仔细瞧。杯沿一处模糊的污迹显示出她的嘴唇触碰的地方。还有一处更小的污迹,或许是她的指印。楼上房间里传来一阵吱嘎声。他面朝灯光,举着杯子站了一会儿。杯底还留着一口残茶,已经发黑了。他闭上眼睛,把高举的杯子放低下来,细嗅那已不新鲜的茶水腐坏的气味,并在他认为她的嘴唇触过的地方吻了吻。头顶天花板上突然一阵猛烈的撞击声,他跳起来,杯子失手掉在地上,摔碎了。他瞪着眼,全身皮肉一阵发麻。退役军官一定是从床上掉下来了。他听到上面自来水的哗哗声,接着一阵吱嘎,一定是那人又躺下了。当泽波杰特的心跳恢复了正常,他松手放开床架,后退了一步,检视着地上玻璃杯的碎片。房间已经被破坏了。现在她是不会回来了。他走了,关了灯,那灯已经亮了一个星期了。

星期五

他下楼来时已经是七点多了。他先开了大门的锁,然后在餐具室泡茶。这时候上面有房门开了又关了。他把茶壶放在调小了的火上,走出来坐在椅子里,正赶上退役军官手里提着小皮箱下楼来了。他看上去很累,筋疲力尽的样子,脸也越发黝黑了。而且没有刮胡子。

"早上好,先生。"

"早上好。我要付多少钱?"

"七天,一共一百零五里拉。"

那人从后面口袋里掏出一把钞票,数出一百二十里拉放在写字台上。他把剩下的放回后边口袋,提起了皮箱。

"不用找了。"

很明显他情绪消沉。快走到门边时,当泽波杰特喊道,"那么您这就走了",他停了下来。

那人的肩膀痛苦地缩着。而后,他没有转身,继续走了出去,在身后轻轻地关上门,走了。他是否已经意识到那女人不会来了?"她不会回来了,但我还得继续等着。"泽波杰特本想这么说。谁知道呢,那人等的或许另有其人。总体来看,他已经坚持得很不错了。

吃过早饭,泽波杰特拿着扫帚、簸箕来到那女人的房间,打开灯。他把床右边的碎玻璃扫干净,倒进垃圾桶,然后用湿布擦拭地板革上的茶渍。事后他把抹布拿回餐具室,洗了手,把自己的早餐茶杯——杯里留了一口茶——拿到她的房间,替换打碎的那个。这下她如果回来就不会注意到什么了。但是他,当然是知晓的。他关了灯出来,锁上门。坐在他的椅子里。纺织厂的哨声响了,他看了看自己的钟。八点差两分。这个闹钟每天慢两分钟。他今天上好发条后忘记调整了吗?中午他们发射加农炮时他会校时的。上个星期五,八点零两分时,他敲了门。"好了,我就起来了。"那只是一个星期前的事吗?他从左边口袋里掏出香烟和火柴。他让她多睡了一两分钟这事儿并没多么重要，但某些细节确实关系重大。她没带身份证件这事儿，还有那落下的毛巾，以及两根都只抽了一半的香烟。这一切都说明她心神恍惚、胸中没底，即使这种恍惚并没有明显地表现出来。一个要去看望她兄弟一个星期的女人应该会更加泰然自若些。或许那个村子里有其他人，某个和她在安卡拉就相识的人。

他正要掐灭香烟，昨晚那对男女下楼来了。那男人很坦率，他们本可以轻易就装作已婚夫妇的。她化了很浓的妆，他则面色苍白。"别忘了。"他说着，站定在写字台旁。那女人笑着继续走出去了。

"早上好。我在这儿多等一会儿可以吗？"

"随您愿，先生。"

那男人一直向门外张望，他挪了挪位置，掏出一包烟，向泽波杰特示意。

"抽烟吗？"

"我刚抽过，改日吧。昨晚住得舒适吗？"

"房间棒极了。谢谢。"

他点上烟吸起来。

"我们可能会再回来。"

"当然欢迎,先生。"

那男人把烟换到左手,从后口袋掏出一张五十里拉的钞票。

"再见。"他说,把钱放到桌上。

泽波杰特刚打开放现金的抽屉,那人就走开了。"等等,找您的钱……"

但他好像没听到一样,继续走出去了。泽波杰特从抽屉里取出退役军官的十五里拉,和刚收到的钱一起放进自己的后口袋里。他赶走那个赖账的人(真的是同一个人吗?)就是为了让这一对儿能住在六号房吗?夜里上楼睡觉时,他曾停在退役军官的门口静听,还一直盘算着要不要敲门看看——那弹簧床垫的吱嘎声伴着用毯子闷住的咳嗽声,直到他上了三楼还清晰可闻。在三楼,他曾凑向六号房那黑洞洞的锁眼。有轻声的对话从门里传来,听不清说的是什么。或许他们只是在休息。有吱嘎声。"抽烟吗?""好啊",那女人说。泽波杰特就回自己房间去了。

夜间

六点四十分已过去很久了,他正背着双手在门和楼梯之间踱步。门开了,一个中等个头的小伙子出现了。

"我们客满了,先生。"

"真的?这敢情好。"

那人走了。这天傍晚早些时候,泽波杰特就已经跟另外两个人说过同样的话了。下午那会儿,女佣干完楼上的清洁工作之后,又擦洗了大厅的地板,她曾拎着桶站在一号房的门前。

"这间需要擦洗吗,阿迦?""不用,这间挺干净的。"是这样吗?他走进餐具室,泡了些茶,回来坐进角落的扶手椅中。大的铜烟缸是空的。这是最后一晚吗?这座古老的庄园宅子,在它经历的所有那些出生、生活、死亡的年岁之后,此刻已经准备好了。火车没有把她带来;他会再等一小时。直到十一点。门开了,他看到一个偶尔来过夜的金发碧眼的妓女。她和一个中年人一起。泽波杰特没有费神站起来。

"没空房了。"他说。

"什么……为什么没有？我们总是住这里的。"

"我们走吧。"那男人说。

"你就没法做点儿什么吗？三楼的房间……"

"我们今晚都满了。"

那男人抓着她的胳膊。

"走吧。"

他们走了。星期三晚上她和另外一个男人来过。六号房登记着萨利哈·阿拉卡什和艾哈迈德·阿拉卡什。他合上登记簿，在当天六号房的表格上写下同样的名字。然后他就给这两人之前来的那个人想名字。这些年，没有一个叫泽波杰特的人来住过。他给五号房写下泽波杰特·盖兹京。餐具室传来"噗噗"的喷溅声，他跑去关了火。茶煮沸了，不能喝了。他洗了茶壶，出来坐在退役军官的椅子里。到十一点之前，又有四个人来投宿，两两同时来的。他把他们都打发走了。外面时不时有车辆飞驰而过。

将近午夜时，他站起身，闩上并锁了前门，熄灭灯光。在二楼厕所撒了尿后，他进了从安卡拉来的火车上下来的那个女人住过的房间。黑暗之中，他向后靠在门上。"你觉得我能喝些茶吗?"那茶已经坏了。他打开灯,每件东西都井然有序,甚至是那个茶杯。她把那件薄薄的棕色外套挂在了床左边的墙钩上吗?托着茶盘进来时,他看到它是放在床上的。她或许稍后把它搭在椅子上了。那么她的毛衣和裙子……他走过去站在床边。他就出生在这张床上。床上栗色的缎被原来一直就是庄园所有的。她是否裸身躺在这被子下?他打开床头灯,把另外那盏灯关掉。现在,他脱掉鞋袜,换上拖鞋,脱了衣服挂在钩子上,洗了脚。用旅店的毛巾把脚擦干后,他就爬到床上,拉起被子。他拉过长长的枕头拥在怀里。"你要是还没来的话,我这会儿都已经死掉了。"他大声说。他嗅着那枕头,亲吻它。他硬了。他感到体内灼热,双手汗湿。他坐起来把被子掀开。他没什么胸毛。他的脸因紧张而失色。他从床架上取下她落下的毛巾,毛巾上有宽的红黄条纹和窄的黑条纹。他把它铺展在床单中央,下面盖着扁平的枕头的一端,然后躺下抱着它们。他再次大声说:"你要是还没来的话,我这会儿都已经死掉了。"就像她要了什么东西似的,他回答好的。他的双臂瘦削多毛,屁股上的汗毛间长着痘痘。他有规律地一起一伏。从枕头上抬起脸来,他尖声模仿她的嗓音说:"啊,别放开,别。咬我的乳头。"他往下滑了一点去咬那枕头。他呻吟着。他的腿和背很紧,不断起伏,更快了,又加快。最终停了下来。用一种尖细的、疲惫的、仿佛在他耳边呢喃一般的声音说:"啊啊,我全都是你的。"

星期二

这是第五晚了。他起来跪在床上,把毛巾揉成一团。用毛巾上还干的地方把生殖器和肚子上的黏湿之物擦掉,然后把毛巾挂在床尾。拿来用之前他已把它抖过,并用指甲抠掉了粘在上面的片屑。但那黄色的条纹,特别是中间的那些,还是开始变得污浊了。他把枕头推回原位,躺进被子里。过去这五晚,他都睡在这张床上。他星期五晚上就把他的表、浅绿色毛衣和刮脸工具都拿下来了。第二天早上他去六号房搬了桌子过来,立在这儿的水槽边。桌上放着刮脸工具,他隔一天用一次。早上他会睡懒觉,醒来后还要再躺一会儿,就像他父亲还活着时他常做的那样。反正旅店没人。来的人都被打发走了:"没空房了。"他把所有的钥匙都收进了抽屉里。星期一早上摆脱掉家畜经销商时遇到了点儿困难。他们中的一个走的时候咕哝道:"……整个旅店?从来没听说过……"

过去这四个早晨,他都没去叫醒女佣。她通常都是中午前后才起床。"他们怎么没人来,阿迦?"她周一傍晚把他的晚餐端下来时问道。"不知道。他们会回来的。"那天她午饭后洗了些床单衣物,晾在棚子里。当时在下雨。今天,她一点下来了,站在楼梯边。"我该走吗,阿迦?""走?去哪儿?""我不知道。回村子吧。""为什么呢?""没事可做啊。""那很好啊。你可以休息休息了。""都没人来。""回楼上去。他们很快会再来的。"这种状况她理应感到更加轻松自在,但很明显,坚持了十年的日常作息被改变了,这让她感到困扰。他跟她说人们很快就会重新再来的。他当真打算接待客人吗?他可不这么想。每当他拒绝了谁入住,他都会在一张表格上写个名字,并在第二天早上把这些名字誊抄到登记簿上。然后,等报童走了,他就会从自己的信封里拿出钱来付到旅店的信封里。今早他告诉报童以后不用再送报过来了，没人读，并付了二十九天的账。这天是共和国日。早上九点左右当他打开门的时候，有汽车喇叭声、某处传来的吹号声，还有一场各界联合游行。报纸上有一条重要通告：今晚钟要回拨。他把这事儿给忘了。

他坐起来，摸到床头柜，把自己的怀表往回拨了一小时。现在是差二十分到十二点。他周五晚上把表、毛衣和刮脸工具拿下来后，就把茶盘撤掉了。铜烟缸仍旧在那儿。一点，他抽完了她剩下的一支香烟，躺在床上抽的。他还在等吗？最艰难的事要数他所陷入的这种踌躇不决了。在傍晚要不要出去这件事上他改了多少次主意了？最终，他告诉女佣说他要去城里，让她别给任何人开门。然而，他还是等到了那列火车经过。这才是十年中破天荒头一次外出吃饭去了，就在购物区附近一家普通的小馆子里。他点了一杯拉克烧酒，没喝完就离开了。政府大楼旁宽阔的广场上，人们在举行庆祝活动，有焰火、音乐和舞蹈。广场边缘人头攒动。泽波杰特从来捉摸不透公共场所的人们。他们和那些来住店的人看起来那么的不同。两个男人正在争吵,因为有人对某位女士进行了言语挑逗。其他人也加入进来。泽波杰特走开了。转角处,一对男女站在银行门栏外,两人之间是一个年轻的女孩子,高挑个头、深色皮肤,穿了一件黑色毛衣。他经过时瞄了她一眼,她把目光挪开了。他走远些靠在一棵树上,看着他们向桥边漫步而去,进了一栋只有一层楼的房子。他沿着那些以前从未见过的街道回到了旅店。天已经很黑了。

他翻了个身,侧向左边。床头灯给那幅油画投上了朦胧的光线。那女人年复一年地躺在那里,给繁复的装饰框住。"醒过来好吗,姑娘?"他轻柔地说。闭上眼睛,他看到她坐了起来,伸伸懒腰,一边从豪华的沙发上起身,一边把身上覆盖的薄纱扔到一旁去了。她支走了那两个黑人女孩,然后握住边框,探出身来。当她变得越来越高,踏进房间向床边走来时,她的屁股和乳房都缩小了。

他睁开眼睛。她还在墙上的画里。

他再次闭上眼睛。又硬了,他把手指穿过阴毛根部。"那家伙都快有你一半身子那么大了。"那个高个女人,在他身下如此高大。我能吻你的乳房吗？你想的话当然可以。还有你的脖子。请吧，当然。但他的嘴唇几乎够不到，如果他慢慢来，慢慢地达到高潮，她活儿很老练，上上下下上上下下，如阁楼上的摇篮摇摆……

星期三

"我们客满了。"他说。他的喉咙沙哑，他清了清嗓子。"没房间了，先生。"这是一天里的第一个。他的脸隐在门边的阴影里。现在又要开始了，数小时的"没房间了"或"我们客满了"。那人离开后，泽波杰特起来去打开灯，然后从墙上取下"午夜打烊"的牌子，放在桌上。他用黑体在背面写下"关门"字样。不需要给出理由，如正在打扫、维修之类的。他把牌子别在门框上，一转身看到女佣站在楼梯旁。

"那是什么？"

"我该明天离开吗？"

"当然可以，如果你想走的话。"

她站在那儿。仅仅几天光景似乎就让她老了好几岁。

"你还有什么要说的吗？"

"我做了卡查马克。要把它端下来吗？"

他那天中午就不大想吃饭，但喝了些牛奶。

"现在不用。我要出去了。别给任何人开门。"

她上楼去后，他关了灯，在昏暗中站了一会儿。她明天真的要走了吗？他走到外面，锁上前门，又试了试确保锁好了。街上，面包店门前聚了一群人。泽波杰特走到那里时，发现原来是一辆小汽车撞上了一棵道旁树。他伸长脖子，但是看不到。有人问车上有多少人。

"三个。全被带走了。"

"有人死了吗？"

有人从泽波杰特身边挤过去。他镇定下来，继续往城里去了。

他前一晚光顾过的小餐馆很安静。他挑靠门的一张小桌子坐下。侍者（令他想起以前住过店的一位年轻男孩）为他点单，他点了烤肉串、炸茄子和葡萄酒。他左边的一张桌上，一个高额圆眼方须的男人正在跟对面的两个人交谈。从星期一到星期一是八天，星期二是九天，星期三就是十天了。到今天已经十天了。他摸摸上唇。

冰箱旁那个长着双下巴、蒜头鼻的顾客,昨晚就坐在那里。侍者穿着污渍斑驳的短外套在他们之间穿梭,他放下一小瓶酒,一碟浸着酸奶的炸茄片,又说了些什么。

"什么?"

"我说,您的烤肉串马上就上来。"

隔了两桌有人喊服务生,他匆匆去了。他们是三个人,面向泽波杰特的两个都是浓眉黑须(尽管他们长得并不像),而背对他的那个穿着一件紧身的黑色短外套,留着短发。新来了四位客人——三个年轻人和一个中年人,他们在泽波杰特前面的那张桌子落了座。烤肉串端来的时候,他刚给有些破损的平底窄玻璃杯里倒上葡萄酒。他细嚼慢咽,许久才吃上一口,时不时地举起杯来,眯缝着眼睛小酌一口。每当门打开,他都转头看看。一个瘦高个儿,拉开他对面的椅子正准备坐下,又改了主意,向门另一侧一张空的双人桌走去了。这地方现在乌烟瘴气、人声嘈杂,混合着笑声和谈话声。靠墙坐着的一位健谈的棕色头发年轻人让他想起了一个人。他们的目光相遇了,泽波杰特垂下眼睑,点燃了一支烟。他没听到门开了。一个警察和一个穿棕色制服的巡夜人经过他身边,向隔了两桌的那几个人走去。谈话停止了。警察把一只手搭在那个穿黑外套的短发男人肩上。

"站起来,咱们到局子里去。"

墙边的黑胡子男人开腔了:"怎么了?他做什么了?"

"好像你不知道似的。"

"知道什么?"

"他正在逃亡,是个通缉犯。好了,我们动身吧。"

那个不屈的年轻人站了起来,椅子发出刮擦的声音。

"是谁出卖我的?"

"我怎么知道?你很快就会搞清楚的。"

那人侧身向外走时,突然一把将警察和巡守推倒在一张桌子上,在杯盘瓶罐的碎裂声中夺门而逃。两个警察跟跄着站起来,赶紧去追,那个巡守就在泽波杰特身边吹响口哨,尖厉的哨声响彻他的左耳。两个留着黑胡子的男人起身走了。冰箱旁系着白围裙的厨子在他们身后大叫。

"你们还没付钱哪!"

走在后面的那个正跨出门去,勉强回过头来应答。

"你妈妈会付的。"

四周顿时人声鼎沸，泽波杰特僵直地坐着，左手两指间的香烟都给捏皱了。他在烟灰缸里把烟捻灭。那厨子一直在激烈地叫骂。泽波杰特右手举杯喝光，又把瓶里剩下的酒倒出来。他放瓶子的时候碰到了盘子，不过倒没东西打破。他吃着已经冷掉的烤肉串，点了一支香烟。背对着他的中年人说："他们总有一天会抓到他的。"基利斯人曾经偷了军士长的手枪跑了，那枪还是政府给发的。就再也没有他的消息了。那人矮墩墩的，左脸上（或者是右脸？）有个痘疤。有一次操练时他用脑袋顶撞了从马拉蒂亚来的中士的肚子。"起来，你。不是你，是他。你叫什么名字？""我吗，先生？"他举起玻璃杯，眯着眼喝了几小口，又缓缓放下。靠墙的年轻人在看他，探身向他同伴说了些什么，那人也转了过来。泽波杰特掉转了视线。墙上的一幅图上，征服者穆罕默德——法提赫·穆罕默德——正在策马越过海洋。那男孩有像法提赫人一样的眼睛，但更加柔和。"过来，你。把这水壶给灌满。"水壶很烫。另一幅图里是一盘夏日的水果。"是葡萄吗？""不对。"他把那烟叼在嘴上。烟已经熄灭了。他把它丢进了烟灰缸。酒标上写着黑葡萄酿制。

在那狭长的葡萄园里，厄梅尔曾说："如果你留下来的话，我们可以天一亮就来这儿，吃从藤上现摘的葡萄。"如果他再多留一个晚上……一个穿着马甲、打着领带的长脸男人扶着对面椅子的椅背问是否是空的。

"我们客满了，先生。"

他盯着那马甲看。有多少扣子？六颗。那男人走开了。他自己的马甲是五个扣子。六天前的那个早上，他去洗了澡，并做出了改变。他让女佣继续睡。于是，她打算明天就离开了。有只猫蹭到了他的腿。他战栗了一下。他踢了一脚，踢到了另外那张凳子，人们都转过头来看。他挪了挪位置，伸手去抓那半满的杯子。越过他前面那个中年人的左肩，他看到那张蓄着方胡子的脸，此刻正眼睑低垂。穿马甲的男人和另外一个客人共用了左边的那张桌子，这会儿正在交谈。假若明天他穿上旧衣服，又开始蓄须了，会如何呢。他摇了摇头。还剩下一片茄子。他要回旅店去吗？这会儿还太早，他可以先往桥那边散散步。为了避免大喊大叫（这里还是那样吵），他坐在那儿直等到侍者走近了，才示意要结账。侍者收起杯盘和酒瓶，（"这些您还要喝吗？""不喝了。")还有泽波杰特从后口袋里掏出的五十里拉钞票。侍者刚一走,背对着泽波杰特的那个中年人站起身来。

"七点多了,"他说,"我该走了。"

"又是斗鸡?"

"正是。"

"留下来吧。我们在这儿会过得很愉快的。"

"不,我一心都在斗鸡上。今晚的比赛很精彩,两只鸡都从未被击败过。服务员!"

"别管了,我们来付钱。"

侍者正走过来。

"那好吧,保持微笑。"

泽波杰特收好找回的零钱站起来时,他们在大笑。一阵头晕眼花,而后他恢复过来,跟着那人出去了。很快,他们拐进了一条长长的、灯光昏暗的大街,街的中轴线上种着一排树。他远远地跟着。大街的尽头是一个带有拱廊的奥斯曼帝国时代的施粥厂,现在那里开着五六家商店,最后一家这会儿还在营业,亮着灯。外面聚了一群人,那人穿过人群往里走,而泽波杰特则踌躇不前。拱门上的牌子写着"足刺与尖喙咖啡馆"。这是个墙垣肮脏的小地方,里面靠着窗台挤挤挨挨地摆了三张桌子。外面有些人举着茶杯喝茶。一对黑红羽毛的小斗鸡各自站在一张桌上,它们长着长长的脖颈和高而强壮的腿。两只都很安静,全然不理会周围的探讨和争论,对那些不时伸过来摸摸它们背的手也不以为意。角落里的那只发出一声简短嘶哑的啼鸣。另外靠门的那只,伸着脖子看了看,也发出同样短促的一声啼叫,并在桌子上拉了一泡屎。人们哄笑起来。一个脸色快活的圆胖子掏出手帕来,以人们会投注在什么宝贝上的那种全神贯注清理了那堆排泄物。他抚摸着那禽鸟的脖子,称赞它。外面有人叫起来。

"它会输的。"

"你为什么这么认为?"

"你没看到它拉屎?"

"当然看到了。但它们都会拉屎的。"

又是一阵欢快的笑声。他也笑了。屋子里的议论似乎自动平息了,因为有人说,"来呀,我们上去吧。"他们都爬上了咖啡馆旁宽阔破旧的石级,从拱廊后面出来,那儿有一块平坦的中型场地,场地两边各有五六个明晃晃的灯泡从电线上挂下来。围观的人并不太多。一个魁梧的小伙子拿着一根短杆大步走着画出一个圆圈。"他们来了。"两个男人出现了,看上去阴郁苍白,各自抱着自己的禽鸟。他们的追随者站在圈外,这两人则走到中间去,放开公鸡。"去啄它。"一个说。另一个离泽波杰特更近些,他什么也没说,只是站定了一个近处的位置。一张长着浓眉、顽强不屈的黝黑面庞。那两只公鸡——颈上的羽毛张开,脑袋向前俯冲,斗在了一起。一阵短暂的欢呼声响了起来,泽波杰特哆嗦了一下。他的右臂感到来自另一只胳膊的暖流。他从眼角看到那是一个跟他一般高的棕色头发男孩,很年轻,嘴巴半张着盯住那一圈场地。那两鸡,它们的喙、足刺和翅膀,都猛烈地扑向对方。被击倒后,两只都很快起来继续进攻。多数猛攻都是用喙啄,意图制住对手的鸡冠。被这样叼住的鸡就会忽地低下头,再使劲儿一抖得以脱身。它们看上去就像双胞胎,他没法儿把它们区别开。一个飞起来去踢另一个,两脚都朝着头上踢。几声欢呼响起。"打呀!""把它给撕了!"

"它上周打得更好。"

"哪只?"

"短冠子那只。它翅膀上有点儿黄色。"

既然他提到了,其中一只的一个翅膀上确实有一根深黄色的羽毛。它的鸡冠也稍短些。泽波杰特左边的一位戴着眼镜、上了年纪的男人问这是否是他首次观战。他没回答。他把胳膊紧靠着男孩的胳膊,感到那胳膊坚实而温暖。两只公鸡飞起来,攻击,落下,休整,再次进攻。它们的脖子很长,黑色和红色的羽毛涨开着。但它们慢下来了。长着黄色羽毛的那只在空中猛烈攻击,没击中,落了下来。那男孩儿的胳膊动了动。

"吹哨了。"

"那是怎么了?"

"它刚刚没击中。它快没力气了。"

眼睛明亮,睫毛纤长。那男孩微笑着。泽波杰特突然有一股冲动想要凑上去吻他,但他看向了别处,把胳膊也移开了。那男孩站得更靠近了些。"照这样下去它要输了。"两只公鸡现在都慢了,跳起来很费劲,恢复也不那么容易了。短冠子黄羽毛那只更是耗尽了气力。血从它冠上渗出来。但它仍旧顽强地战斗着。

当它一连两次倒下，拿竿子的人走近那个浓黑眉毛的高个子男人。

"为什么不把它抱出来，阿比？"

"管你自己的事就好了。回你的位置去吧。"

那男人的眼睛专注地盯着竞技场，脸色冷峻，一边的脸颊抽搐着。黄羽毛的公鸡冠子给揪住了，它拼命挣扎，脖子上血淋淋的。另外那只公鸡的冠子也在流血。戴眼镜的年长者探出身去。

"你在浪费一只好鸡，塔赫辛贝伊。"

执竿者在忙着跟竞技圈对面的另一个鸡主协商。大多数的观众都盯着塔赫辛贝伊。有些人在高呼。

"真见鬼！"

"这是谋杀！"

"把它带出去。别斗了。"

"对啊。别斗了。"

没人踏进竞技圈。打斗继续。短冠子公鸡没法脱身。它试图跳跃的时候摔倒了，又起来，蹒跚着站不稳。另外那只鸡将剩下的全部力气都投入于一次双翅攻击上，彻底击败了它。它躺着一动不动，脖子和身体都完全伸直了。两位主人来到场地中央，那只筋疲力竭但依旧站立的公鸡被充满疼爱地收了起来。那个长着浓眉的、输掉了的主人，抓起他那只黄色、红色和黑色羽毛的鸟儿的双腿，抡起来砰地摔在竞技场的地上，然后把它向拱廊那边扔远了。当这只鸡划着弧线落在两个小穹顶之间时，它的脖子伸得更长了。泽波杰特闭上眼睛，内心不能平静，所以他的肩膀也不再去触碰那男孩的了。他的胳膊僵直，右拳在外套口袋里捏得紧紧的。他松开手，放开那枚硌得他手掌生疼的钥匙。

"你头晕吗，阿比？"

他睁开眼睛看到长长的睫毛、微翘的鼻子和低低的额头。

"有点儿。"

他把手从兜里掏出来，随着不住讲话、大笑和咒骂的人群一起走下残损的石阶，而后沿着那条脊线上种着树、灯光昏暗的大街，与那男孩并肩走着。这是泽波杰特第一回看斗鸡，所以那孩子给他讲了上个星期的事情，今晚死掉的这只公鸡那次斗赢了。但它们斗得最好的比赛永远是让其一战成名的那场。

"他们为什么想要让比赛停下来，阿比？"

"谁知道呢？"他想了想说，"或许他们害怕拼到底吧。害怕看到结局。"

他取出香烟。那男孩不抽烟。他叫什么名字？埃克雷姆。男孩儿也问他，泽波杰特点了一支烟，然后答道："艾哈迈德。"埃克雷姆在这儿待了多久了？一年，从一个县来的。在工业区的一个熟铁铺子里工作。工资很低，不过他正在逐渐熟习这一行。他跟姨妈住在一起。

"你是要回家吗？"

"不，'宫殿'有部西部片在上映。为什么不一起来看呢？"

"你回去晚了姨妈不担心吗？"

"她习惯了。再说我有钥匙。"

"你傍晚总是独自一个人度过吗？"

"不，有奥尔罕，店里的一个朋友。他今天下午生病了。"

他们已经出来走在喧闹明亮的主干道上了。办公楼前的人行道上有一溜卖坚果的，一个盘里放着糖浆蛋糕，另一个里面盛着各色芝麻糖，转角处有人在卖烤栗子,那人戴的帽子衬着他的圆脸越发圆了。他用一把小钳子给泽波杰特装了一纸袋。泽波杰特一边与埃克雷姆并肩走着,一边将纸袋递到他面前。男孩犹豫了一下,然后笑了笑,拿了一些栗子。他的手比脸的棕色还要深些,手型很好看。

"等等,我倒一些在你的口袋里吧。"

他倒了多一半进去。

"阿比,足够了。"

栗子烤得不是特别透,但他吃得津津有味。当他们在影院前粗陋的大喇叭传出的刺耳嘈杂的歌声中看海报时,他把最后两颗栗子放进左边口袋,就把纸袋给揉了。他们一起向售票处走去。

"在这儿等着。"

"但是……为什么我不……?"

他们走上台阶。他没去看验票员的脸。影院里很安静。他们往里走了一段,在靠过道的位子落了座,泽波杰特坐了里面的位子。男孩儿又坐在了他的右边。他们坐定时,胳膊碰在一起。"这个影院是最好的。"埃克雷姆说。他的上唇上方长着绒毛,那里将来会长出连鬓胡须的。他多大了?刚过十六岁。那么他呢?

"三十……三。"

"您是做什么营生的?"

"我经营一家旅店。是从我外祖父手里传下来的。"

他自上次看电影到现在已经有十年了。那是他的职责——旅店——似乎已使他忘记了的另一桩事情。还是个孩子的时候他不时会去看电影。十来岁时也是,在军队时也去看。那时他父亲还活着。有一次(不是在这儿,这家影院是新建的),坐他旁边的一个男人伸过腿来……"对不起,借过一下。"一个声音说,于是他们把膝盖收起来好让四个人通过。远处后排传来笑声和说话声。泽波杰特把双脚搁在前面座位下的托架上,他的膝盖碰到了男孩的腿。他没挪开膝盖。突然外面响起了铃声。他抖了一下,把膝盖缩了回来。铃声停了。男孩穿着深蓝色裤子的双腿腿型好看而结实。在说话声和椅子的吱嘎声中灯灭了。银幕上播映着长长短短的片头字幕。画面上正是日落时分,一个戴着帽子的黑衣骑手从远处缓缓出现。走近了。脸部特写越来越大。"上个月他在另一部电影里也出演了。"那男孩儿靠近前来说。

泽波杰特感到他腿上的温热，停着没动。年轻骑手来到一个荒凉的镇子上，把马留在一家铁匠铺，就走进了一家旅店。对话表明他刚从战场上归来，而且来得太晚了。坏人已经接管了这里，他的兄弟们都被杀了，他的土地也丢掉了。第二天铁匠告诉他，单枪匹马是毫无指望的。在一个拥挤的沙龙里坐在吧台边喝酒时，他看见（多亏了镜子）有只手正在伸向枪套。他猛冲过去，把那人干掉了。接下来出现了一个大房间，一个中年银行家遭到法官女儿的唾弃，便去攻击她。那姑娘脱身跑了出去。"奇怪。"泽波杰特喃喃道。那男孩儿没听到。他张着嘴，盯着大银幕。

幕间休息时，泽波杰特收回他的腿脚。埃克雷姆正在讲他一个月前看的电影，灯又熄灭了。泽波杰特挤挨着他的胳膊。演员、马匹和马车的影像令人眼花缭乱，他的腿和男孩的腿离得很近。一个轻微的移动就能让他再次感到那股热流。这是在沙龙里，一场一对四的打斗。那个年轻人给某人脸上来了一拳，那人向旁边一张桌子上倒去，桌子在他身下断成两截。"哇哦！"那男孩感叹。他们的腿触碰在一起。泽波杰特勃起了。他把左手伸进口袋里去摆好它，尽量保持右边身体不动。他两边看看，把手从口袋里拿了出来。他想象自己正在割包皮，在内心里用钳子去压制它。他的勃起平息下来。在军营的时候，遇上雷菲克中士和法提赫人夜里过来捉弄人，他也是用的这个小窍门。"把那拖鞋递给我。"法提赫人说。他用左手扯了扯毛衣领子。常来住店的男性情侣们——一个上了年纪的男人，一个年轻人……他放松胳膊腿站了起来。

"我要走了。"他说。

男孩儿愣了一下，抓住他的手。

"先别走，阿比，求你了。我们待到电影结束吧。"

泽波杰特又坐下了，他的手仍然被埃克雷姆握着。男孩儿的手掌很结实，腿很温暖。在镇上，他们给年轻的男主角设下了埋伏。法官的女儿把这事告诉了铁匠。眼看就没时间了。已经有三个枪手进来站好了位置，两个靠窗边，第三个在楼上。年轻的主人公一出现在大路街头，铁匠就跑出来向他摆手。几发子弹炸响，铁匠应声倒下，只见主人公疾驰而来，停住马先射击一个在阁楼窗里的步枪手，又射死第二个在教堂钟楼里的。到处都是炮火，但骑手和他的马却好似刀枪不入。"真是瞎编。"泽波杰特咕哝着。他转向男孩儿，他正盯着银幕，脖子伸得老长，嘴巴张着。泽波杰特闭上眼睛。那里的温暖，那手，这会儿感觉自然多了。他把腿紧紧靠过去，手也握得更紧了。男孩儿那边没什么回应，他继续心无旁骛地看电影，浑然未觉。泽波杰特的掌心出汗了，他松开手，同时把腿也收了回来。他等着埃克雷姆靠向他，但没有。睁开眼，他看到一条宽阔废弃的街道，那里两个男人正在慢慢走向彼此。突然他们拔出了枪。但主人公先开了火，银行家倒下了，在地上打滚。他痛苦地举枪瞄准，然后就颓然死去了。显然这是最后一个坏蛋。镇上现在清静了。人们从街两边的房屋里涌了出来，法官的女儿跑向年轻人，拥抱着他。灯亮了。泽波杰特和埃克雷姆站起来，跟着大伙儿向出口走去。

"不错的电影，对吧，阿比？"

"的确不错。"泽波杰特微笑着答道。

这世界上有多少谎言啊。说出来的，写出来的，通过图画或沉默传达出来的。镇上的大佬们要杀死那个年轻人本来会如儿戏般容易。但电影传递出一种幻觉，那就是有些事是可以单枪匹马成就的,然后你就认同了。外面,办公楼前的坚果摊还在那儿,卖栗子的人仍在街角。

"你住在哪里,艾哈迈德阿比?"

"车站附近。一座有十二个房间的庄园宅子里。"

"真的?所有的房间都配着家具?"

"可以这么说。"

"你们那儿住了多少人?"

"只有我自己。还有一个做饭和打扫的女人。"

他们在十字路口停了下来。他要请男孩儿来家里吗?他说过带了钥匙的。泽波杰特感到自己的心在怦怦跳动。他几乎就要说出口了。"为什么不来喝些茶呢?""今晚愿意来做客吗?""明晚……"有这么多种方式说出来,这么多种手势可以采用。他必须选一种。他看着男孩儿的脸,等对方先动。那长长的睫毛,翘翘的鼻子和张开的嘴唇。跟那些和一个男伴一起来住店的男孩儿有所不同。这个男孩子的友善和温暖是由衷的。没有暗藏的不信任。泽波杰特道了晚安,跑着穿过马路,他到了人行道上回头看了看。男孩儿还在那里,微笑着。泽波杰特挥挥手,转身继续走去。"走六步我会回头看。

如果他还在那儿,那么好,我就请他到家里来。一步……五步,六步……七步,八步,九步,十步。"他停下来,回过头。男孩儿已经走了。泽波杰特开始加快脚步。他感到一阵尿急。有一片空地,他四下望望。没人。踏进那片空地时,他听到附近巡夜人的哨声,但顾不上了仍继续往前走,在墙根下撒了尿。

旅店里黑洞洞的,不过玻璃后面"关门"的牌子在路灯的光线下倒看得分明。他的左手在口袋里掏。是什么东西……?他本打算在幕间休息时把那些给埃克雷姆的,却给忘记了。他掏出钥匙开了门。"我包里总是随身带一些马栗。"那女孩曾这么说。高高的个头,深色的双手。"手黑心善,我一个朋友这么说的。"他锁了门,上好闩。里面暖暖和和的。他没开大厅的灯,径直去打开那间屋子的锁走进去,关上门,点亮台灯。他坐在床沿上脱了鞋袜,换上拖鞋,把烟和火柴从左边口袋掏出来放在床头柜上。已经是十一点二十分了。他把栗子换到右边口袋,然后绕到床的那一边去,脱了衣服,只穿一条内裤。把衣服挂在钩子上后,他洗了脚,用旅店毛巾擦干。然后把被子推到一边,躺了下来。那条毛巾展开搭在床架上。那只红黄黑色的斗鸡坚持到了最后一刻。在划出一条弧线的时候脖子伸得更长了。主人的脸残忍冷酷,就像那个通缉犯的脸一样。"你头晕吗,阿比?"那男孩的嗓音柔和浑厚。"……他们被处以绞刑,但他把他伙伴救了出来。那些人就骑马追他们,他们在隘口把他伙伴的马射倒了,他不得不独自继续跑。正当他们要在一个广场上实施绞刑的时候,一颗子弹打断了绳索。他骑马冲进人群,把他伙伴拽上马,坐在他身后,这时……"灯都熄灭了,把埃克雷姆的脸隐藏在一片黑暗当中。天花板上的灯泡已经亮了一星期了。这是第十三天。大概就是晚上这个时候门铃响的。她大衣前面敞着。后来在房间里,她黑色毛衣上的隆起……她的脸现在对他来说已经模糊不清了。深的肤色,窄窄的鼻子和薄薄的嘴唇。头发和眼睛是黑色的,睫毛很长。但成千个女人都可以是这样。或者男人。一个丑陋的老妇人,甚至一个丑陋的老头子。他用右手按在短裤上,隔着布料摆弄它。"把那拖鞋递给我。"法提赫人这么说。泽波杰特那时醒着,从睫毛间望出去。在军营夜间昏暗的灯光下,那张脸看起来甚至更加迷人了。这是法提赫人和雷菲克中士第二次过来了。他们并不是只针对他的,他们在其他人身上也要同样的花招。哨兵们知道这茬事,第二天早上会调侃你:"有人要冲澡吗?"法提赫人慢慢揭开军队的毛毯,开始用拖鞋摩擦泽波杰特短裤前面。短裤迅速隆起,支成了"小帐篷"。有一回,雷菲克中士摸了摸它,呛声说道:"老天,他凭什么能拥有这么一件家伙?"拖鞋的摩擦来得更加轻盈而迅疾了。泽波杰特就随它去,发出一种梦呓般的呻吟。"他喜欢这样,不是吗?"雷菲克中士说。有时当他们在休息,法提赫人会向他看过来。"过来,去把我的水壶给灌满。"或者在营房里,"去给我拿些火柴"。或者提着他的步枪走过来,"你擦枪时何不把这把也给擦干净"。这曾让哈利勒下士很愤怒。"你是什么,他的仆人吗?""不,我同意是因为我想这么做。""帮这个不知感激的浑蛋有什么好呢?"但那不是帮忙。他想接近他,这是唯一的方法。有传言说法提赫人对当地的妓女不感兴趣,时不时地会让人从伊斯坦布尔把自己的情妇接来,和镇上一个老妇人住在一起。

他翻身向左边,伸手去取床头柜上的香烟。殖民者的姨太太仍旧在画里睡着。"她睡觉,她确实老是睡觉,但她很勤快。"他点了烟,拉被子盖上。那么她明天就要走了,还不知道她舅舅已经死了。五六年前一个村民带来的消息,好像是她舅舅吃过晚饭站起来时倒下了。是在星期五的傍晚,那个村民说。他们把他抬到床上,快天亮时他就死去了。当那人问起泽伊内普时,泽波杰特说她已经离开他,在伊兹密尔找了工作了。从辛德利——一个小山村——来的人不会来住店的。三年前来的那两个男人,他给打发走了。他仔细地把香烟的烟灰弹掉。她此刻正睡在那倾斜的天花板下。这本来是第一女仆卡德里耶的房间,那是个干瘪的女人,老是戴着面纱,即使在只有家中的男人在旁边时也是如此。他还是个小男孩儿的时候,曾听到妈妈跟另一个女人讲起,吕斯泰姆贝伊的妻子赛穆拉哈尼姆年轻时可是伊兹密尔的大美人儿之一。大家都知道她是副官的女儿。一天夜里睡下之后,吕斯泰姆贝伊想吃一点儿他妻子做的草莓酱。"我上去取些来。"她说。"不用了,不打紧。""如果你想吃就要紧。"她下了床,慢慢地上楼向厨房走去,以免吵醒大家。她听到那个房间里传来含混的声音,就轻轻地走上前去听。"来咬我的奶子。咬奶头。"是年轻女仆的声音,接着是一阵呻吟。"噢,别这么用力。我要叫了。""就是这样,叫出来吧,我要把它们全部咬掉。"是首席女仆卡德里耶。实在是叫人没法开口复述。赛穆拉哈尼姆把果酱的事全忘了,她走下楼来,回到自己房间(就是这间屋子)时剧烈地发抖。"现在正是绝佳时机。"她对丈夫说道,把刚刚听到的都跟他叙说了一遍。第二天早上两人夹着包袱离开时,那女仆一直在哭泣。"别哭了,姑娘,"卡德里耶说道,"我们不会饿死的。我会在你身边的。"

他在烟灰缸里熄灭香烟。夜灯让他只能依稀看到画里那个女人。她本人,在那些长长的炎热日子里,或许就曾和那些黑人女孩……"你喜欢这样,不是吗",他嗓音粘滞地说。他坐起来够到床脚的毛巾,束起来向墙上甩去,但毛巾在半空中就散开了,掉在护墙板边。他去把毛巾收拢来,揉搓挥动,把那些结得特别牢的痂拍掉,再把它搭在床架上使劲捫直。然后,他猛地一拉那幅画,连钉子一齐拽了下来。墙上留下一个长方形的灰白色痕迹。他拉开窗帘,打开窗户,把那画一下子丢到院子里去了，然后再关上窗子和拉上窗帘。他注意到窗户和另一面墙之间的一扇小门，然后转身回到床边。他胳膊上的肌肉紧张。他打算睡下吗？这栗色的缎被或许曾经一度覆盖着与吕斯泰姆贝伊并肩躺着的副官女儿。那个秃顶灰发、下巴松垂、眼睑肿胀的人，他年轻时长什么样儿呢？没法儿想象。"我哥哥年轻时就像鞭子一样。"泽波杰特的妈妈老是这样说。她的哥哥。事实上他们只相差九个月。随着妻子分娩在即，他碰不得她，于是哈希姆贝伊很可能是强迫或引诱了那个女仆。当发现她怀孕了，他们就急匆匆把她嫁给了一个穷亲戚，那人极有可能在发现了真相时把她给抛弃了。她真的要走了吗？他摩挲着缎面。他们是否曾把被子扔到一边？吕斯泰姆贝伊的弟弟法鲁克，比他小七岁，在十九岁那年自杀了，或许是源于对嫂子毫无希望的渴想。那是土耳其独立的三年之后。夏末的一天,眼看葡萄就要丰收了，全家人那时都住在阿兹玛卡尔提的葡萄园间他们的夏宅里。法鲁克动身回家里去，告诉母亲他晨间会回来。第二天，她直等到中午，然后面如死灰地让她丈夫哈希姆贝伊命人备好马车。"他本该回来了。"她的儿媳妇提出要跟她一起去,但她拒绝了,让她待在那里,说赛义德可以来。乘着大篷马车,她只说过一次话:"他出事了。"他们一开门,就看见他在楼梯井那里,身子摊得长长地挂在一根绳索的末端,穿着鞋和夏装,脖子已经断了。他们尖叫起来,他妈妈就地瘫倒。驾车人跑过来,绕过倒翻在楼梯上的桌子(就是这张桌子吗?),抱住男孩儿,苍蝇从他鞋面上嗡地飞了起来。内比勒哈尼姆无声无息地闭上眼睛,躺在床上,一阵一阵地颤抖,这样过了两天便死掉了。

他哆嗦了一下。搓搓自己的胸膛、脖子和胳膊。他离开这间屋子,盯着楼梯井站了一会儿。外面一辆汽车驶过空空的大街,令整个旅店都震了一震。他摇摇头上楼去了。他打开女佣的房门,搓搓脸,伸手开了灯。她躺在那里,头和双臂裸露在被子外。通常都是她的脚丫子伸出被外来的,脚底总是黑乎乎的。他走过去。她的头侧向左边,脖子上的静脉突显出来。他摸了摸枕头下面——还在那儿。他揭开被子搭在床架脚上。她的衣裙向上撩起,双腿叉开。他把手搭在她的一条腿上,向上滑去。很温暖。他的手指穿过阴毛,手拢成杯状捂在那里。她动了一下,他在她身边平展地躺下,解开她的衣扣。他抚摸她硕大坚挺的乳房,把她的头摆正。她的眼角长着鱼尾纹,额头上也起了皱纹。嘴巴半张着——她在均匀地呼吸——他凑过去吻那张嘴,然后滑下去咬一只乳房。

"哎哟。去!"她含糊地嘟哝。

"醒过来好吗,姑娘?"

他抬头看,看到她还在睡。他脱下内裤放在被子上。不在她睡着时了。再也不了。他用膝盖顶她,摇晃她。那双眼睛短暂地睁开,又复闭上了。

"是你在这里吗,阿迦?"

"你明天不能走。你舅舅已经死了。"

"死了?我妈妈?"

"你舅舅。好几年前了。一个村民告诉我的。"

"他骗人的。"

"不,是真的。他死了。"

当她静静地躺在那里时,他抓住她的肩膀摇晃着。

"起来啊,你。坐起来。"

他把她拽向自己。她用双手撑着床垫坐起来,一脸木然,没精打采地转向墙壁,半闭着眼睛。他又摇动她。

"嘿,醒醒啊。"

"我醒着,阿迦。"

"把睡裙脱了。"

"但那会……"

"我说把它脱了。"

在一定的配合下,他设法从她身下依次拉出两边裙摆,然后剥下连衣裙挂在床脚。她扭头看着别处,试图用左臂遮住上半身。他用力拉开她的胳膊,把脸贴上她的胸膛。他们合在一处时床嘎嘎作响。他不顾床下的窸窣之声,躺着吻她的脖子和乳房。他勃起了,但往前顶时却软了下来,没法进去。他等了一会儿,心脏剧烈跳着,试探它好了没有。手一拿开要往前顶的时候,他感到它又软了,缩小了。一股寒意袭遍他全身。他跪起来,看到她眼睛闭着。他猛扑上去扼住她的喉咙。她剧烈地挣扎抽搐,睁开了眼睛,而他却把眼睛闭上了。她用膝盖猛撞他的胯部,他忍着痛牢牢抓着。他双手拇指所扣住的坚硬中有什么东西在涌动。他听到汩汩的声音。她的身体猛烈踢打,她抓住他的手腕,他则把整个身体压了下去,她的脸和手指都被牢牢制住,他耳中听到一阵嘶吼,箍住他手腕的那双手变得软弱无力了,所有挣扎都止息了。他松开手,滑下了床,这时才睁眼去看。她的双眼和嘴巴张着。他跪倒在地板上,头靠着床垫。他的胳膊很疼。他动了动手指。嘴里很干燥。耳边的吼叫声没了。有什么暖和柔软的东西蹭着他的腿,他一下子抬起头。是那猫。他抚摸着它,从脑袋摸到尾巴。在他的抚摸下,那猫呜呜地低声叫着,拱起背,前爪放在他腿上,一下一下地刨着放松身体。他能感受到手掌下鲜活的温暖。他渐渐硬了起来。他推开那小动物,站起来向门口走去,但开了门后,又走回来穿上拖鞋,拿了内裤。然后他把猫赶了出去,关掉灯,迈步到走廊,关上了门。他快步下楼回到房间里。台灯开着。他把内裤搭在床脚,展开毛巾,把枕头拉过来垫在下面,然后躺下来。喘息,呻吟,他高潮来得持久而满足。旅店里静悄悄的。把那湿乎乎的东西擦干净后,他又把毛巾挂上床架,拉了拉,然后穿上内裤。躺下时他把枕头摆正,盖好被子,两只胳膊晾在外面。他的眼睛一眨不眨地盯着头顶上电线末端挂着的圆圆的白色灯罩。有响动传来，他从床上一跃而起，凝神屏息。是楼上。他赤脚跑上去，在最后一层楼梯那里慢下来。猫在抓她房间的门，看到他就喵呜地叫起来。它喜欢靠近她，白天里总是围着她，但夜间被留在过道时却从未如此这般乞求过。有时他正在上她的时候，床下会发出一阵声响，猛抓地板革的声音会吓他一跳，他就把猫关在屋外。他打开走廊的灯，那小动物喵喵叫着。他要把它怎么办呢？把它赶出去，它会跳上门窗，可能要号叫。把它关在房间里……他开了自己那间屋子的门呼唤它。猫"喵"地叫了一声。他又叫。仍然不行。他摇摇头走过去，开了她房间的门（刚开一条缝，猫就溜了进去）走进去。借着走廊的灯光，这里还要更暗些，她看上去像是——是的——睡着了，四仰八叉地裸着睡在床中央。"过来。"他捡起一只破旧的拖鞋扔过去。猫闪开身子，缩在门右边的角落里。泽波杰特操起床头柜上的铜水罐走上前去。他举起罐子时，水泼在他肩上，从胸前一直流下去。猫沿着墙根蹿过去，蹿上柜子，跳到窗上。它抓挠着窗玻璃，又蹲伏下来，尖厉地叫着。它的身体蜷着，目光直盯着泽波杰特的眼睛。泽波杰特逼近前来。猫猛地一跃，他双臂举起，在中途与猫撞到了，但这一碰之下，有什么东西划伤了他的前额。他僵住了，大惊失色，使劲咽了口唾沫。他慢慢放下水罐，从柜子走到墙上的镜子那里。只是个小抓痕而已。他把眉边滴下的血擦掉。没有其他地方流血了。他很惊讶这么个温顺耐心的动物怎么会突然变了性子。泽波杰特缓缓走向门口，感到垂头丧气。床下一阵疾跑，那猫蹿出来，奔到走廊里去了。他关了灯，在身后闭上了门。那猫在角落里缩作一团。泽波杰特从厨房里取下三只煎锅里最小的那只举在身后，再次出现了。他轻柔地呼唤，猫咪喵喵叫着。他单膝着地，微笑着引诱那猫："来呀，小猫咪，来这儿。没人伤害你。"还伸出左手，做出喂食的样子。猫伸直身子，慢慢走了出来。它蹭蹭他的手。动物这么轻易地就忘记了。他紧紧抓着锅柄，一边用那只空着的手抚摸猫咪，并把它的头推向一边。他举起平底锅，从猫脖子上缩回手，猛地一击，立即一跃而起。猫躺在那里抽搐着。他又在它头上敲了一下。尾巴和四肢僵直了，抖了一下，就不动了。一只眼睛从眼窝里凸出来，血流到了地板革上。他把锅放在猫的旁边，放松放松手指。在这只猫之前养的是一只雌性的虎斑猫。女佣有次来告诉他："猫已经三天没见着了。它还会回来吗？""三天？那么它是死了。你是从来不会找到它们的尸体的。"他父亲这么告诉过他。"旅店里没只猫像什么样？"他就问理发师要来了这只猫。他把它带回来时，它还是个小家伙。他拎起它的尾巴来到窗边，打开了窗户。下面没人。他一扔，猫掉在了排水沟里。外面很冷。他关了窗。然后带着锅回到厨房，把锅洗干净挂了起来。煤油炉上放着一只大罐子，他俯身去看。是卡查马克。他腿下一软支撑不住，扶着石案台跪在那里，把头顶在冰凉的石台上。双肩的颤抖渐渐止住了，他抓着案台站起身来。"真是荒唐"，他轻轻说道，关掉厨房和走廊的灯，下楼去了。他走到床边找出拖鞋，弯下腰把拖鞋放在水槽下的地板革上，又洗了一遍脚。然后躺下，盖上被子。他凝望着天花板上垂下的灯绳端吊着的灯罩。有一天他曾让她用块布擦拭灯罩上的灰尘，而他则待在床上扶稳椅子。每个椅子腿下都放着一个大铜盘来保护被子。"旅店都是你的了。一定得找个女人来。"她当时踮起脚尖站在椅子上,双臂举起,一双大脚光着,有黑色花纹的灯笼裤裤脚向上挽起。"弄好了,阿迦。"迈下椅子时,她一只手搭在他肩膀上支撑了一下。"你得把指甲剪剪。"即使在没人住时,这间屋子也是每两星期打扫擦洗一次。随时可用的。这座有十二间屋子的庄园宅邸。都是你的。这里,村民们,收购季来镇上卖作物的烟草种植户们,党代表们,牙医们,病好出院的人们,医院满了住不进的病人,新招募的士兵,市场的供货商,牲口交易商,找到新工作或是正在找工作的人们,老师们,来参加考试的学生们,律师们,巡回演员,一夜情的情侣,那所谓的退役军官,女佣,下了晚点列车的女人……他直挺挺地坐着。门铃响了。入夜这么深了,谁会……?铃声又短促地响了三回。他们没看到旅店是"关门"的吗?他等着。没声音了。他拉起被子仰面躺下,闭上眼睛。会是谁呢?一个通缉犯?一个误了火车的旅客?跟老婆在床上打了架跑出来的人?没拉到客的妓女?下了从安卡拉开来的晚点列车的那个女人?"让她见鬼去吧。"他轻声说道。

星期一

他坐起来。叮叮一阵铃声。是闹铃。他伸手到床头柜上把闹铃关掉了。七点半——他睡前拿来钟表定好了时间,因为他们或许会走得比较早。他睡得很好,除了有只黄蜂一度在他脸跟前嗡嗡地飞着,逼得他爬出来在床单被褥间搜寻,那是夜里两点十分。十天前的那个周四晚上住过六号房的那对情侣,又住在那里了。就在尸体的下面,而浑然不知。年轻,温暖,充满活力。昨晚他们一进来,他就认出来了,出于某种原因,他无法拒绝。"你好,又是我们。"那男人看着他,如朋友一般。他从抽屉里摸出钥匙交给他们。"自你们住在这儿到现在,没人住过那房间。祝你们晚安。"他们要上楼去时,那女人转身笑了笑。泽波杰特爬下床来。给脸上抹肥皂前,他在镜中看着自己左眉上方的小抓痕。那儿只有模糊的一点儿红色。前一天他把结的痂给揭掉了。

早餐时他喝了三杯茶,啃了一个抹着白奶酪的西米特。他再也没有吃饭的胃口了。每顿午餐和晚餐都喝很多茶,勉为其难地咽下几口面包和奶酪。前一天早上他从一个流动小贩那儿买了四个西米特。面包都吃光了。那晚之后他再没出过门。最糟的莫过于旅店还要继续营业。那牌子像往常一样挂在墙上——午夜打烊。他一直告诉人们房间都住满了。前一天快接近中午时,他上去把尸体所在的房间锁了起来,把钥匙挂在厨房里,那里卡查马克已经开始腐坏了。他把坏掉的卡查马克倒进垃圾堆里,一起带下来丢在了棚屋。他站起来,把托盘拿进餐具室,并刷了牙。回到写字台前,他伸手去掏口袋,但停住了。没烟了。他出去时要买一些了。他得去寄一张汇票,然后去一趟警察局。

他打开桌上的两本登记簿。他不再为他赶走的客人们编造名字了,而是从楼梯下面的箱子里取出去年的登记簿,从那上面逐日抄录名字到表格上,再登在现在的日志上。去年的十一月三日是个星期六。有八名客人。他把六号房的名字原封不动地抄过来。他合上登记簿,把表格塞进抽屉与其他那些表放在一起时,头顶上有动静传来。他把十月的账做平了,这会儿开始填写一张邮政汇票。楼上,门开了又关了,下楼的脚步声在二楼短暂地停顿了一下。他放下笔。他们微笑着露面了,那女人化了妆,那男人看上去却很苍白。他们或许就是最后住在这里的客人了。

"你早啊。"

"早啊。"

那男人去掏他的后口袋。

"不用啦。昨晚你们是我的客人。"

"哦,但我们没想着……"

"求你了。我一定要请。你有烟吗?"

那男人左手掏出一包烟,右手把黄色打火机的火苗凑到烟的末端。

"你真是太好心肠啦。"

他缩回椅子里,感到自己的脸失色了。

"并不是什么好心肠。"他说。

"希望很快再见到你。"

"很快?但我们要关门一段时间了。"

"那是为什么呀?因为什么呢?"

"各种原因吧。清洁打扫这类事情,估计要花一个月。"

"真的?不管怎样,多保重。"

"再见。"那女人说。

"再见。"

两人一起走了。显然他们不再担心被人看到了。他抽完烟,掐灭了,又提起笔来。填完汇票,他打开保险柜,把旅店那只信封里所有的现金都倒在桌上,把法鲁克贝伊的份额和那张汇票一起装进里面口袋,把女佣的工资装进她的信封。十一月头三天的收入塞进旅店的信封后,他把自己这个月工资剩下的部分装进后口袋,再把那个信封放回去。然后,他从架子上那只铜碗里拿出一里拉放在下面的那个碗里。他关上保险柜,从抽屉里取出一个星期的表格,也装进口袋里。钟表显示已经快九点了。

他离开旅店,锁了门。真是和煦晴朗的一天。大街上的人们看上去皆是信步走着,而不急于奔向某个明确的目的地。在邮局里,泽波杰特排在一个驼背的灰白头发男人后面,轮到他时把钱递了过去。办事员给了他一张收据,并抬头瞥了一眼。

"你和法鲁克·凯奇吉有关系?"

"我们是表兄弟。他父亲,我母亲。"

他离开邮局,在大十字路口向右转去,闲步走向法院附近的警察局,他刚去寄汇票时路过了这里。他推开镶有玻璃窗的双开门,一股熟悉的气息袭来,就跟他每次从外面回旅店时闻到的一样。人们穿过门廊,或坐在宽阔走廊的长凳上。他把表格掏出来,径直走向右边一扇半开的门,这时另一侧一个低沉而阳刚的声音突然响起,让他停住了脚步。"正式声明!对于提出的问题,冒号,丈夫宣布自愿放弃。"一台打字机噼噼啪啪地响着。有个女人在哭泣,那低沉的声音又响起。"静一静,女人,否则我要把你扔出去了。"一个警察拿着几张文件,走近泽波杰特。

"怎么回事?你站在这儿干什么?"

"我把这些带来了。"

"是什么?"

"登记入住的表格,旅店里的。"

"啊。在那边。"

满满一托盘的玻璃茶杯和小咖啡杯,每个杯子上都盖着一个小碟子,被端进了刚指给他的那扇门里,系着白围裙的男孩儿抓着那门上悬着的圆把手,随手把门打开了。泽波杰特跟了进去。"什么事耽搁了这么久?""就是让茶泡好,阿比。"这间房间摆满了充塞各种文件的玻璃橱柜,还有三张写字台,写字台前坐着两个身着警服的男人,第三个则穿着便装、戴着眼镜。男孩放下那人点的茶就离开了。那人给他的茶里放了两块方糖,然后抬头从眼镜上方瞥了一眼。

"有什么事吗?"

"我把旅店的表格带来了。"

"放那儿吧。"

泽波杰特把那些表格放在杂乱的办公桌一角上一本厚厚的记录本上。那人上了年纪,一张圆脸,正坐在那里淡漠地搅拌他的茶。手是棕色的,戴着戒指……

"好了。你还在等什么?"

……在中指上。他定了定神。

"以前我都是让送报男孩儿拿过来的。现在开始我会自己把它们交过来的。"

"那很好。"

左边写字台前的警察说道。

"他可以把它们邮寄过来。"

在随之而来的一阵哄笑声中,那张圆脸皱得满是褶子。泽波杰特转身走出房间,走出警察局。真是一个和煦晴朗的日子。法院门前,一辆公交车刚刚下了些客人,正复缓缓开动,一个小伙子从后门挂出来,高喊"伊兹密尔,伊兹密尔,伊兹密尔",然后随着公交车的加速,砰的一声关上了门。连队以前总是一边行军一边唱歌。"安卡拉,安卡拉,可爱的安卡拉。"一阵浓烟喷出来。他过马路到杂货店里买了些香烟、火柴、茶叶、白糖、罐头、面包、香肠和奶酪。

打开旅店门走进去,他嗅了嗅。跟往常一样的气味。他在餐具室把袋子里的东西全掏出来归置好。香烟和火柴则放在办公桌中间的抽屉里。正当要上楼去整理六号房,大门开了。两个年轻人站在那里,一个矮一些,另一个中等身材,都穿着整洁。

"你好。你就是旅店的经营者吗?"

"是的,但我们都住满了。"

"我们不是要住宿。是贝伊从村子里派我们来的。"

"从村子里?哪个贝伊?"

他的嗓音紧了起来。那年轻人一边向他同伴使了个眼色,一边用肘碰了碰他。

"听到了?哪个贝伊?"

"我听到了。"另一个说。

"你以为是哪个贝伊?就是兽医。我们来拿那块毛巾。"

泽波杰特右手撑在了桌面上。

"毛巾?你什么意思?"

"就是那块毛巾。一个来看望贝伊的女人落在这儿的。两星期前。"

"女人?女人?"

"一个长得怪好看的女人。她在这儿住过一晚。"

"哦,我想起来了。是一个星期四。她现在就在村子里吗?"

"不,她已经走了。我们星期五把她送到镇上去乘了火车。"

"她跟这位贝伊是什么关系?"

那男孩儿又一瞥眼。

"听到了?'她跟这位贝伊是什么关系?'"

"我听到了。"另一个说。

"你不用管他们什么关系。只要把毛巾给我们就行了。"

那毛巾已不再重要了。但毛巾上还结着干了的硬痂,他怎么能就这么给他们呢?

"我没看到什么毛巾。"

"那上面有黄色和红色的条纹。还有黑的。她跟贝伊这么描述的。"

"嗯,我跟你说我没看到过它。"

那男孩儿强硬起来。

"嘿,听着,"他说,"她是不会撒谎的。"

"是女佣打扫的房间。不过我们何不上去看看。"

他挑出二号房的钥匙。他们上楼时,那男孩儿说话了。

"你可别耍什么花招。"

这是毫无意义的,但他仍旧把钥匙插进锁孔一转,打开了房门。他瞪大了双眼。那毛巾就挂在床脚。他感到背后被人一推,一个男孩儿咒骂起来。泽波杰特取下毛巾。和下面房间里那条一模一样,有宽的红黄条纹和窄的黑条纹。那男孩儿一把从泽波杰特手里抢了过来。

泽波杰特双腿发颤,跌坐在床上。椅子上放了一沓报纸。这么说,退役军官,那时也留下了他的毛巾。

"……处置这说谎的人?"

"暴打一顿吧,要不。"

"不,他可能会挣脱逃跑。"

"我们可以把他绑在床上。"

"那得要绳子。"

他们当时正站在窗前。

"看哪,那个棚子里有根晾衣绳。"

"跑去拿来。"

那个深肤色,稍矮些的男孩跑了出去。这一个则长着金发,五官端正。只有农民才会有这种强壮的、大骨节的双手,这手正拿着折叠起来的毛巾。不管这个兽医贝伊是谁,他都会以为这就是她的。这么说,她在村子里待了两个星期。星期五早上……

"这个贝伊,就是那兽医。他有没有来送她?"

"他怎么能来?他上个月从马上摔了下来。腿上断了两处,还打着石膏呢。"

"他的名字不是叫作厄梅尔吧?"

"厄梅尔？哪个厄梅尔？"

"布莱克·穆斯塔法的儿子。"

"他？他去年夏天开枪自杀了。他的亲兄弟应该已经为他料理好后事了吧。"

泽波杰特躺倒在床上。那男孩站在那儿看着院子里。他挥了挥手臂，短促而清晰地说道："弄得快点儿。"他回头看看。"要睡了？"

"我觉得很晕。"

"听说要把你捆起来就吓着啦。"

"不是因为这个。无论如何你是没法得逞的。有人会来给我松绑的。他们当然会问是怎么回事。傍晚那会儿，就会有两个宪兵到村里来……"

"你会告诉他们什么？别忘了毛巾的事。"

"我并不知道它在这里。"

"那谁应该知道？这地方可是你经营的。"

意思是他要对这里发生的一切负责。

"确实如此，但我得告诉他们些事。可不只是人被绑起来了那么简单。"

"你并不认识我们。"

"我会说是兽医派你们来的。宪兵就会知道该去哪里找。"

男孩儿的脸上阴云密布,脸色暗淡下来。他搔了搔屁股。听到上楼的脚步声,他走到门前叫喊。

"是你吗?"

"是我。"

晾衣绳一拿进来,他就接过来扔在了床上。他的左手拿着毛巾。

"咱们离开这里吧。这兔崽子要让咱们惹上麻烦。"

泽波杰特放肆地大笑起来:"我告诉过你了。你要把我捆起来吗?"

那男孩儿咒骂着,挽了他同伴的胳膊。

"咱们走。"他说。接着说道:"没必要把你捆起来。"

他们离开了房间,他在他们身后大叫。

"你们两个胆小鬼。你们农夫全是胆小鬼。"

他们骂骂咧咧,但继续往外走。大门砰地关上了。泽波杰特卷起松散地搭在他腿上的绳子,放在床头柜上。他仍旧躺在那里,双手紧扣枕在脑袋下面,眼睛盯着头顶白色灯罩里的灯影。窗户望出去对着山。他们三个，库尔德人毛希丁也在内，在那个五月的下午，逃学爬山去采酸模草，还偷了樱桃。突然来了一阵暴雨，他们在齐腰的水里飞奔着去找附近的岩石避雨。他们浑身上下湿透了。大雨让一切都看不见了。他哭起来。"她妈觉得总算生了个儿……"下山到凯斯齐戴尔那里，他们发着抖站在一个牧羊人的小屋里，在牧人给他们生的火边烘干身体。"……兄弟应该已经为他料理好后事了吧。"厄梅尔，他那鼓荡着的白袍子高高挽起，从一头水牛背跳到另一头的背上过了小溪。泽波杰特原想过，她或许是去拜访厄梅尔的。那跑腿的仆役拿走的毛巾……她和退役军官有关吗？她离开旅店那天早上他们擦肩而过。"那个刚刚离开的女人住的那间……""她还没退房呢，先生。"看来不大可能。或许他们是在安卡拉的同一家店里买的毛巾。他坐起来下了床，抻了抻毛衣和外套，把被子理平整。他还得去把楼上的床也铺好。但上去时他发现六号房的床已经铺好了。他掀起被子，看到床中间一个小小的湿斑正在开始变干。枕套上有两块淡红色的污痕。楼下有人敲了敲桌子。

"这儿有人吗？"

他丢开被子,向门边走去。

"来了。"

他锁了这间房子的门和二楼二号房的门。拿着钥匙转过楼梯平台那里,就看到写字台前有一个警察。他慢了下来。

"找我吗?"他随口问道。

"你是经理?"

"是,对的。"

走到最底下那级台阶时,在一号房的前面,他绊了一下。

"别着急,"那警察说,"你刚刚在那里干什么呢?"

"谁,我吗?清扫房间。"他放下钥匙。

"你没有个专门做这个的女人吗?"

"当然有,不过她在休假。已经五天了。"

"不管怎样吧,我们在找一个人,你或许看见过。"

"哦?"

"今天早上从安卡拉来了一份通报。我们看看。大约五十五岁,中等身高,身体圆胖,眉毛浓密,绿色眼珠。最近有像这样的一个人住在这儿吗?"

他拿出一张照片。是退役军官,但他前额的皱纹没拍出来。

"他穿着一件浅绿色毛衣。上周五前的两星期来的。他只住了一个星期。"

"一个星期?"

"是的。这是他身份证上的名字。"

他迅速翻看登记簿,翻到星期五那天。

"马哈茂德·格尔金,"那警察弯腰去看,念道,"那不是他的名字,但他会用假证件的。星期五,十月十八日。是了。他每天都做些什么?"

"基本上都是坐在那个扶手椅里。看看报。每天能看一蒲式耳的报纸。他将近中午时下楼来,出去吃午饭。晚饭也是出去吃的。"

警察做着记录。

"他的名字表格上有。"

"表格?"

"警局的那些表格。我像往常一样把它们都交上去了。"

"哦,那些啊。没人会看的。都给存放起来了。"

泽波杰特深感震惊。这些年他劳心费力填好、诚心郑重上交的那些表格——他,还有之前他的父亲——都被置之不理了。他以前总认为这些表格使他和那些上层的大人物间具有了某种联系。

"那为什么他们要让我们填这些表格?"

"一定是有很好的理由的。这就够了。"

警察再一次拿出照片。

"你说就是他?"

"是的,是那个退役军官。"

"那老狐狸跟你说他是个军官?"

"他不是吗?"

对方大笑起来。

"他是什么时候退房的?"

"十天前。星期五早上。"

"能不能描述一下他离开时的样子?"

"穿着和平日一样的衣服。提着一个小皮箱。那天早上没刮胡子。看上去像是生病了。"

那人记录下一些东西,把笔记本一合装进口袋里。

"很好。再会。"

"日安,先生。"

警察走的时候,泽波杰特叫道。

"他犯了什么罪?"

对方转过身嘲弄地看了一眼:"把白人奴隶卖到非洲去。"但他开门的时候再次转过头来,这次脸色很严峻。

"他干掉了自己的女儿。"

"搞大了他女儿的肚子?"

"是干掉。把她掐死了。三天前当公寓楼开始臭起来时,看门人报的案。"

警察走后,泽波杰特在写字台后坐下来,望着退役军官的椅子。把她掐死了。没什么好惊奇的。他俩这辈子都杀过人。头几天,泽波杰特以为退役军官是在等那个女人。不是吗?他或许有一次看到她跟自己女儿在一起,又或者发现这个人跟女儿长得很像。"在潜逃。你没法一直逃下去的。"坐在楼下这里,读本书或读读报纸,借此支撑自己。尽管这样可能离危险更近,但绝对没有等在楼上,每次听到门响或脚步声,或是某种无法分辨的声音都去疑心"是这个吗?"那么让人心神紧张。坐在下面起码可以知道是否有人开门。

门开了。进来的是邻近的杂货商,一个高高瘦瘦的男人。

"你好。我过来只是想问问你的女佣怎么样了。她病了吗?"

"女佣?为什么要……"

"过去这些天她都没来买东西了。"

"哦,当然是了。她回自己村里了。参加她舅舅的葬礼。"

"是这样啊!"

"她要在那儿待一个月。如果需要什么东西我会顺道过去买的。"

"那好,日安咯。"

"你也是。"

杂货商走了。泽波杰特正在楼下闲荡,警察回来了,同来的还有另外一个他称作"调查员"的人。同样的问题又仔仔细细地问了一遍。尽管泽波杰特告诉他们退役军官的房间后来又住人了,调查员还是要求去看看,他们就上去了。那绳子是怎么回事?是晾衣绳,他打扫房间时被喊下楼去,给落在那里的。床头柜的抽屉都是空的。那人一份一份报纸浏览过去。下楼来他们又做了笔录——调查员笑话了他的名字——他签了名。他们离开了，他感到很疲乏，在角落的椅子里坐下。调查员刚才大笑了。其他人真的也得给牵扯进来吗？刚才在楼上他们翻查那些报纸的时候，他的心怦怦跳个不停，他的膝盖出汗，他本来就要……"你拿过这里面的报纸吗？"调查员吼道。惊得泽波杰特先吞了口唾沫，才说出"没有，长官"几个字。或许在所有的可能性中，总有一种会成为最终的现实。当正午的大炮隆隆响起时，他站了起来。那天早上他带下来放回保险柜上的闹钟快了两分钟。他校准了时间，就到餐具室去了，在那儿挑了一罐塞得满满当当的橄榄油浸卷心菜叶。他把罐头放在熨衣板上。四下找找，找来一把刀和一个杵，猛敲刀柄，总算划开了锡罐。

吃完后，他挂上"关门"的牌子就出来了。自早上到这会儿已经变得暖和起来了。在往车站去的那条街的街角，一个抽着烟的青年懒洋洋地倚在墙上。另一边的人行道上，一个市政执法人员拎着公文皮包走了过来。（"在等人。一个女孩。"）泽波杰特锁了门，开始沿路走去。五年前（或许是六年？）这样一个执法人员曾对他的旅店吹毛求疵，说新洗好的床单和刚擦过的地板革"很脏"。"这得罚款！罚款！"这人脸色红润、身体健壮，一边说一边挥舞着他的公文包。泽波杰特告诉了那个牙医，他保证……他走过面包店，看了一眼左手里的钥匙，又掉头往回走去。街角的小伙子已经走了。泽波杰特走上三级大理石台阶，转了转把手，又推了推拉了拉。门确实锁了。身后传来一个女人的声音。"你没看到上面写着关门吗？"她很高，上了年纪。他笑笑，快步走开了，把钥匙装进口袋里。他走过面包店、书店、肺结核病房。三个农妇正坐在法院门前的台阶上，那门镶着玻璃，气势威严。他在转角处停了下来，这里一条街从这栋长长的两层建筑直通向新的监狱。老的那个……

"要擦鞋吗，阿比？"

是一个黑黑的男孩儿，一头卷发乱蓬蓬的。泽波杰特把右脚放在盒子上。"不要抛光。"他说。

……建在山边营房的场地上。旧营房的一部分已经毁于那场大火。现在那里建起了一座学校。他小时候曾跟着卢特菲耶·莫拉去过那里一次，这个干瘪无牙、颤颤巍巍的老妇人，就是他名义上的外祖父的继妹，这个外祖父就是给吕斯泰姆贝伊搞大了肚子的女仆（他的外祖母）被匆匆撮合所嫁的丈夫。每天风雨无阻，卢特菲耶·莫拉都会给她蹲监狱的孙子送午饭，她就等在大门外。"跟你一起来的是谁啊，祖母？""我们赛义德的孩子。"

刷子敲了敲鞋箱以示该换脚了。他把左脚放上去，再次说"不要抛光"。

他们的房子在山上，就在被叫作大清真寺的建筑下面。他们有时会去寺里，他和妈妈，就在拜兰节期间，去听他们祖先的长长的故事。或许那次也是在某个拜兰节的日子里。一个面色苍白、胡子稀疏的年轻人，他瘦骨嶙峋、指甲钝钝的双手抓着栏杆。他因为在某次醉酒后的胡闹中开枪打死了哈桑艾芬迪的儿子而被关了进去，那次他们在一个葡萄园小屋里开了个有酒有女人的聚会。一场意外，或者说他余生一直如此咬定，但哈桑艾芬迪——一个修表匠——紧追不放，他们后来判了他十五年。

"都弄好了，阿比。"

泽波杰特把脚从鞋箱上放下来，往那脏乎乎的手掌里放了一枚硬币。那晚，如果他把那个在熟铁铺子工作的男孩邀请过来了，如果他请他一道走，那么或许……他转身上了石阶，走进那镶着玻璃的门里去了。他父亲还在世时他来过这儿一次，是在那起盗窃案的审判中作为目击证人出庭。但那是个小案子。他对面开着的双开门上方则标着"重罪"字样。他走进去，悄悄在左边最后一排长凳上拣了个位子坐下，几个听众转过头来看他。

"是哪个？"灰头发的审判长居高临下地叫道。他浓眉薄唇，两边坐着另外两名法官，三个人都穿着有红色领子的黑袍。

"右边那个，法官大人。纳伊尔贝伊。"

证人席上长着黑色小胡子的男人指着坐在木栏杆围起来的被告席上三个人中的一个。他们身后站着三个带刺刀步枪的警卫。

"告诉我们他说了什么！"

"他让我送两车沙子过去。我们达成交易，我就把沙子送过去了。我把沙子卸在仓库后面，就在大门旁边。

"哪个仓库？"

"农贸仓库。"

"你从哪儿拉来的沙子？"

"从野猪湾。我们一般都是从河床上采沙子的。"

公诉人在椅子里直起身来。

"请回答这个问题,"他说,"证人事先知道这些沙子是要用来掺在棉花种子里的吗?"

"你听到了吗?"

"我听到问题了,法官大人。不,我那时并没有意识到这一点。他们跟我说是用来制石膏的。"

"石灰水会更像一点。"

法庭里响起一阵笑声。审判长用拳头敲了敲台面。

"目击证人。"

坐在被告席旁、身着黑袍的两位律师中的一个站了起来。

"请回答这个问题。证人过去是否曾见到过……"(他指着中间的那个被告)"……那个人?"

"没有。"

审判长给了法庭记录员一个指示。然后,另一个证人的名字被高声呼叫。审判长和他的两位同事简短地交换了意见。

"正式宣布!"他们站了起来,"……鉴于……缺席……传唤……星期四开庭。把他们带走!"

泽波杰特抖了一下。宪兵给被告们戴上手铐,这时两位旁听的人离开了审判室,他跟他们一起出去了。他在墙角的长凳上坐下,点了一支烟。无止尽的拥挤的人群——椅子上坐着一排排的人,门廊前要过去的人拥堵在一起——让他左边的长廊充塞着此起彼伏的热烈低语声,不时有人呼喊并尖声地再次大叫原告、被告、证人或者代理律师的名字。大门那里有一股很明显的人流经过。从审判室里的声音判断,另一起案子马上就要开庭了。显然犯人不是从这里被带进去的。后面一定有一扇门是开向监狱那边的。他的烟只抽了一半,就一动不动地待在那里。当他两个棕色的指尖感到烫了,他就猛吸了最后一口,然后把烟头扔在两腿间的地上,一边站起身一边踩灭了,向会厅走去。他还坐在刚才的位子上。法庭记录员的声音快速而毫无顿挫起伏地响着。"……早上伴郎的家人来叫新郎起床我们说还早打发他们回去了他们一小时后来了法蒂玛哈尼姆说他们像死人一样还睡着呢对于提出的问题证人做证法蒂玛哈尼姆是被告艾哈迈德·库鲁贾的母亲法蒂玛·库鲁贾上楼没多久就尖叫起来我跑上去看到门开着法蒂玛·库鲁贾跪在那里尖叫新娘裸着身子躺在床上脸上血肉模糊头发散在枕头上胸口上也尽是血对于提出的问题证人做证被害人手中没有任何东西对于提出的问题证人做证她没看到铜水罐对于提出的问题证人做证因为两家人她都认识那晚她睡在楼下以便第二天早上把新娘出嫁前穿的衣服送回娘家去对于提出的问题证人做证大概半夜的时候她听到一阵骚动和含混的叫喊声但没在意因为这是洞房之夜她表示没什么要补充的了控方向证人提问她对被告人有什么看法被告是否曾有过古怪的举动对于提出的问题证人做证被告是个好人安静勤勉一天傍晚他从田里劳作回来因为没有扁豆汤而大发脾气另外一次是很久之前那时被告的母亲正在做下午的祷告被告拿了一把气枪上来站在她身后吓得她祷告也没做成辩方没有问题证人哈桑·贝尔吉艾哈迈德之子由埃米内生于一三三六年[①]被传唤到庭并被告知作为被告的舅舅他可以拒绝宣誓证人宣誓了对于提

---

① 此为伊斯兰教历纪年,即公元一九一八年。伊斯兰教历的纪年元年为公元六二二年,乃为纪念穆罕默德从麦加向麦地那的迁徙而确立。伊斯兰教历以月亮周期为一个月,以十二个月为一年,而不考虑地球绕太阳公转的时间,因此,一年为三百五十四天或三百五十五天。

出的问题证人证词如下一九六三年三月三日的晚上天快亮时我被一阵敲门声吵醒我去开门惊讶地看到是我的外甥艾哈迈德·库鲁贾这是为什么那个傍晚祷告之后我们已经把他送到了婚房我问他出了什么事他说他杀了她他到我们这里走了三个半小时这时已经筋疲力尽我妻子问是谁我叫她冷静点儿他身上没有多少现金问我能否给他一些他需要钱逃跑我说钱不是问题但先坐下来喘口气我催问他到底为什么但他并不解释只是说他用水罐砸碎了她的脑壳我劝他说这会儿已快中午他应该去自首你能去哪儿我说他们两天之内就会抓到你的但他不听我说好吧但等天黑了再走他在垫子上躺下睡着了我让我的儿子到岗哨去宪兵来了对于提出的问题证人做证被告是他姐姐的儿子被告没完成六年级的学业就退学了在他父亲的农场里工作被告冬天来到村子里时证人偶尔会和被告一起打猎在旷野被告枪法很好但总避免用捕鸭器一天被告突袭了一只豺狼并把它给掐死了他自己也受了伤证人表示他没什么需要补充的了控方和辩方都没有问题要问当被问到他为什么要杀死他的新娘被告再次保持了沉默法官们商量了一下鉴于被告艾哈迈德·库鲁贾在审判期间的

行为表现需要医学观察来确定法律责任案件的进一步审理定在一九六三年十一月四日的下午两点。"

泽波杰特在座位上动了动。他用力拉了拉毛衣的领子。这整个平铺直叙诵读记录的过程中，他都在观察那个被告，从两个持刺刀步枪的宪兵之间可以看到他。从左后方看过去，他的头弓着，是个一脸病容的年轻男子，肩宽颈粗，有点儿鹰钩鼻。

"犯人起立！"

他有着中等身高。

"你何时能出院？"

"星期六。"

"报告还没送来。你有什么要说的吗？"

"没有，法官大人。"

"你还是拒绝解释杀人动机？"

那年轻人垂下双目。他的左手紧紧抓着衣襟下摆。

"他们把你逼入绝境或者说其实是你把自己逼入绝境去你舅舅那儿干什么为什么不逃到山里去再随身带一条绳子我自己快要……"

"医生证实她还是个处女。她父亲强调他从未让一个男性,甚至是一只公苍蝇靠近她。是什么促使你这样做的?"

"父亲? 当他们把她嫁给那个想要一个处女的新郎时她的父亲已经死去很久了那个黎明她裸着身子双眼和嘴巴张开我拉过了被子……"

"现在告诉我们,不然可没你的好果子吃。大声说!你为什么杀她?"

"甚至可能是一种解脱但不是指眼前这一切警察法医检察官律师法官至于动机过去的这五天……"

"她有没有辱骂你或冒犯你? 她有没有攻击你?"

"我还没有想出个所以然但为什么一定要追究动机他们需要一个故事要么是辱骂要么是打了耳光沉默顺从则多少让人有点儿为难奇怪了这个法官老让我想起退役军官假使他掐死了自己的女儿或妻子……"

"正式宣布! (在一片椅子的吱嘎声中泽波杰特也起立了。他右边靠门处有个声音低声说,"你不用站起来。")"……报告到来……进一步的沟通……下次……定在十一月二十八日。"

犯人被戴上手铐,泽波杰特转身离开了审判室。"那么是十一月二十八日。"玻璃门开着。外面和煦晴朗。他走下台阶。一个卖西米特的小贩正站在街转角,就在擦鞋男孩儿的旁边。泽波杰特走过了警察局,但在大十字路口那里放慢了脚步。一径向右,他能看到乌卢公园的葱茏树木。很久以前他偶尔会在那里打发下午的时光。现在几点了?一个少年在他旁边停下,向手腕瞥了一眼,说:"三点十分。"泽波杰特加快了脚步。他刚刚一直在大声地自言自语吗?他要还想独自把问题掌控住,可得保持警觉。大街上静悄悄的。他如果穿旧衣服,穿那件背心,就能把怀表再带在身上了。要么就在回去的路上去一趟市区(他拍拍后面的口袋),买一块腕表。

他从北面的入口进了公园。红色的土壤混着白色的沙石,在各色灌木丛、花丛和高大的松树之间形成小片的空地和林间的小道。路两边,在矮小的桃金娘树丛前,设有一张张绿色的矮长凳,这是早些年一家银行在那里装起来的——但现在都磨损了,需要重新油漆——其中一张长凳上坐着两个少年,当泽波杰特走过时,他们的谈话就中断了。他走过一个正在读报的男人,挑了左边的一张长凳,正好在公园中央那一片开阔的夯土场地前面，纪念解放的石碑就立在这里。他的身体放松下来。他敞开外套，拉直毛衣领子，向后靠在椅背上。在这异常温和宁静的仲秋天气里，花瓣和叶片挂在枝头，纹丝不动却充满生机——桃金娘、松树、菊花、玫瑰、百合，还有他叫不出名字的开着红色花朵的灌木丛，在它们的根下，是那场大火之前的不可胜数的世纪中，所有那些葬入这片泥土的死者腐烂的骨头、皮肉、头发和指甲。因为这里曾是公墓。他的母亲和父亲葬在城镇东缘的新墓地中，但他的外祖父母则长眠于此。朝圣者泽伊内尔阿迦、费尔哈提哈尼姆、梅利克阿迦、哈希姆贝伊，他还是个四五岁孩子的时候，曾在一次宰牲节的前夜跟母亲来过这里。"去年你哭了。"她这样说，所以那一定是他第二次来。那个时候，这公墓已经在大火之后关闭了，不再有新的安葬者，所以那高高的、覆满青苔的有顶饰的墓碑，都向那些大树下乱蓬蓬牵缠在一起的藤蔓、荨麻丛和茂密的野草丛中倾倒下去了。整座公墓和它那些废弃的大石块被一圈满是裂缝的低矮石墙包围着，墙垣上荒草侵蚀，已经开始崩坏了。他们就站在墙外——这是他们能接近自己死去亲人墓地的最大限度了——站在一群哭哭啼啼的女人中间,他的妈妈抬脸向着树丛,眼睛半闭着,嘴唇无声地翕动,她在……长凳震了一下,他半转身子去看。一位戴着帽子、围巾的满脸皱纹的老人坐在了凳子边缘,嘴里喃喃自语。"……很难……踪迹……这些鸟。"一只手搭在他两腿间的手杖上。有这么多空凳子,他为什么非得选这张?

"冒昧问一句,孩子,你身边有烟吗?我把自己的烟落在家里了。"

泽波杰特掏出香烟,自己也取了一支,然后用一根火柴给两个人都点上。

"谢谢你。你是外地人吗?"

"您说什么?"

"你是外地人吗?这么问是因为今天还是工作日呢。"

"不是外地人,我在休假。一直休到星期天。"

"你在哪儿工作?"

"在人口统计局。"

"很不错啊。我的孩子们没受过教育。我们让老大在外面闯荡,将来接手我的生意,但对他弟弟,我却尽心尽力,什么事都给他做。可他就是不学习。现在他俩都在卖烤鹰嘴豆。刚才你点烟时我注意到你手指上的疣。去找鞋匠希克马特给治治,过一晚上就好了。你去的时候带一小枝僧胡椒。他在鞋匠市场,到了那儿随便问个人就知道。他的父亲拉马赞乌斯塔以前也是治疣子的。是我很好的朋友。你家呢,你是哪一家的?"

他本可以随意编些话出来,比如他是从亚达那迁过来的。这个人会晓得那名字吗?

"凯奇吉家。"

"不会吧。我听说他们大火后全都迁到伊兹密尔去了。那座庄园宅子现在应该是个旅店了。这么说你是……法鲁克贝伊……请原谅我这么说,当他们说他上吊了,我真是惊呆了。我们曾在一起上学。在班上他就坐我附近,但我们从没成为朋友。他和班上其他人关系也不怎么样。他那时都是乘马车来上学的,就跟香料商克里姆的儿子杰夫迪特一样。早上我们全都聚在院子里等着。那场景至今还历历在目,他坐在那辆单匹马驾的轻便马车的窗户后面,车夫戴着一顶有金穗子的土耳其毡帽。马车离开后,他就十分羞涩地走进院子里来,一直低着头。几个大一点儿的男孩儿就会嘲弄他。'看他趾高气扬的样子'，'摆架子'，诸如此类的话。他就站得远远儿的。有时他们会在课间休息的时候推他或绊他。他从来没跟老师告过状。后来有一天，一个大孩子从背后推他。他转过身攫住了他的脖子。这……"

"攫住他的脖子？是什么意思？"

"他转过身，向他扑过去。他们滚到地下，法鲁克两只手箍住那男孩儿的脖子。他们不得不把他拖开。"

"他本来会把他掐死吗？"

"很难讲。原谅我问一句，你和法鲁克贝伊是什么关系？"

"我是他外甥。哈希姆贝伊的二女儿是我母亲。"

"那年月女孩是继承不了多少家产的。我没见过哈希姆贝伊，但见过吕斯泰姆贝伊——那时有个英俊的男人，人们常常谈论他和斯塔福罗医生的年轻妻子。他偶尔兴致来了会亲自来店里买东西。他不喜欢鹰嘴豆烤得太过。（泽波杰特丢掉他的香烟，碾灭了。一个单薄的男孩儿和一个穿棕色外套的女孩在对面的长椅上坐下，把书包放在身旁。那男孩儿搂着女孩的脖子。）我相信他已经不在了。"

"对不起，谁不在了？"

"我说，我相信吕斯泰姆贝伊已经不在了。"

"是的，他在伊兹密尔去世了。他儿子在伊斯坦布尔当医生。"

"他们大多都在大火后离开了。我们的房子也烧毁了，但我留下了。村民们会载来一车一车的面包。我们在一切能躲避的地方避难——清真寺、商队客店、公共浴室、幸免于难的房子、逃走或是被杀掉的希腊人的房子、葡萄园的小屋、帐篷，任何地方。烧毁的空地上建起了简陋的棚屋。大火带来的打击仍然伴随着我们，但我们活着，而且活得很好。我们挺过来了。（一个女人走了过去，怀中抱着一个正在哭闹的孩子。对面凳子上的男孩伸手到背后去，从桃金娘旁摘了一朵黄色的菊花，给了女孩。）我们的老房子有两层楼，还有一个挺宽敞的院子。我们当时可是个大家庭：我父母和外祖父母，一个姨妈，两个兄弟，当时还有我的两个姐妹。那是我母亲的家。我父亲的父亲是卖烤鹰嘴豆的，我母亲的父亲则是个屠夫，他年轻时充满了可怕的嫉妒。常会出现这种情况：本来他一直在砧板上剁肉，突然就想起了自己的妻子。'一分钟就回来',他跟学徒这么说着,便冲了出去,身上还系着围裙,手里一个劲儿地挥着剁肉刀。然后一下子就闯进院子来,跑得上气不接下气。有一天,我外祖母刚从厨房出来,端着一大锅食物,就在这时,砰的一声,大门突然冲开了,是他来了。这把她吓得不轻,扔下锅就进了外间小屋。他后来为此哭了,但发誓说他控制不了自己。她说这总有一天会把她吓死。不多久后,他们同意离婚,但仍然和女儿们一起住在原来的房子里。我记得外祖母下来吃饭总是包着头巾。我们小孩子单独在另一个桌子上吃。(三个学生走了过去,欢笑打闹,追逐嬉戏。公园管理员远远地冲着他们大叫。)我大哥爱吃。每当有一道他最喜爱的菜或是甜点快被吃完了,他有时就会——原谅我这么说——往盘里吐口水。我们其他孩子就会向后抬起身子,一边掩住嘴巴一边嚷嚷,大人们则在另一张桌上责骂他,而他只顾着狼吞虎咽。他总是讲战争中的故事,关于忍饥挨饿,或者他们是如何偷鸡、绵羊和山羊的,还有他们都吃些什么。军队动员之后他被派往汉志①,这在日后为他赢得了人们的尊敬,就好像他去过了麦加一样,因此他们称他为谢里夫'哈吉',即朝圣者。他或许曾做过朝圣者,但他仍旧喝酒赌博,如果您能原谅我这么说。他几乎不去店里。希腊人占领之后不久,他在一次玩牌中被人从背后给捅了。那会儿我兄弟哈桑在恩韦帕夏手下服役时死于萨勒卡默什战役②。征兵开始时,我们三个都已经结婚了。一个兄弟跟另一个兄弟之间差了两岁。我生在一三〇八年③,但一个家里出两名士兵已经足够了,况且那时我骨瘦如柴,所以他们就让我留在了后方。(长凳上的女孩交叠起双腿。她穿着平底鞋。)我独自经营着店铺。每隔一天就在这大炭火盆上烤一批新的鹰嘴豆。得在阔大的铜盘上稳稳地搅动它们。夏天就更难受了。你得有块布来擦汗,但即使这样,有时汗还是会顺着你的鼻尖滴下来——原谅这

---

① 汉志,沙特阿拉伯王国西部沿海地区三个行省(塔布克省、麦地那省和麦加省)的合称。汉志地区是伊斯兰教和早期伊斯兰文化的发祥地,境内有麦加和麦地那两座伊斯兰圣城。
② 萨勒卡默什战役,指第一次世界大战期间,土耳其军队于在萨勒卡默什地区对俄军实施的进攻战役。
③ 即公元一八九〇年。

么说——'嘶啦'一下,正好滴在热锅上。(一个橄榄色皮肤的年轻女人在小径对面靠近纪念碑的一张长凳上坐了下来。她整好裙裾,把一个黑色的大手提包放在膝头。她令他想起了某个人,不过眼前这女人的头发是黑色的,稍微有点泛红。)这事没法托付给学徒,他很可能会烤焦了。我父亲那时已经过世好几个年头了,他们把哈桑征了去之后没多久,我母亲也死了。他俩并排葬在这里(他用手杖向右指指)。你看到那些花了吗?跟其他花相比被照料得要更精心些,你不觉得吗?是我亲自照管的。管理员认识我。不管下雨还是天晴,我天天都来,一天也没落下。那边那个跟他女朋友一起的年轻人——喏,你觉得为什么他们的长凳不是正对着我们的?看到了吧,所有其他长凳都是一对一对地正对着。这两张本来也是对齐的。他们在这儿建了公园又装起长凳后,我们坐的这张恰好就在我母亲和父亲墓地的正上方,四条凳腿都固定在地上。我跑去找管理员,但他做不了主。银行经理让我去找市政厅。'我们把长凳赠给了他们,'他说,'这现在是他们的事了。'市政厅又让我去问园林局,但我到那儿的时候,主管刚好出去了。

第二天我又去了。'不行,'他说,'长凳都是面对面装的。我们不能打乱排列的布局。''就把它移开五步远,'我说,'原谅我这么说,但那难道不是一种折中的办法吗?'我恳求他们。四步,我说。但他并不让步。(现在他想起来左边对面长凳上那女人是谁了。她时不时会带男人去旅店过夜。那年轻男孩和女孩背起包站起来,手挽手向东出口走去了。)我认识市长的一个亲戚,两天后,他去处理这件事了。他们要一份申请书,我就请人给打出来,然后带了去。第二天,我在门边等候,中午前后,这个老办事员拿着一张纸走了过来。他说这是给管理员的,我们就一起走了。那文件命令,从北出口向解放纪念碑数过来的左边第四张长凳,向该纪念碑方向移动三米,所有费用由申请人承担。我和管理员就挖出螺钉,把长凳搬到这里再给拧上。(头顶上什么地方落下一滴黏糊糊的东西,正掉在泽波杰特的右腿上,扩散开了。他抬头看到了一只鸽子。那老人非常关切,就好像这是他的错一样。他道了歉,挥舞手杖驱赶那只鸟儿,待它飞走后,他掏出了一块手绢。但泽波杰特谢绝了,他用自己的手帕擦掉了鸟粪。一个体格匀称、蓄着小胡子的男人走过,在那个头发黑里泛红的女人对面坐下。)那你的家人呢?法鲁克贝伊……"

"他就葬在这里。你们家有人上吊过吗?"

"噢!不,没人这么做过。"

"或者杀过人?"

"没有,从来没有过。"

"我有个亲戚在婚礼当晚把他的新娘掐死了。"

"婚礼当晚?但为什么呢?"

"他对此守口如瓶。审判时他们强硬地逼他解释,但他不说。或许根本就没有动机;又或者有很多他自己并不知晓的动机。他们把他绞死了。"

那老人打了个喷嚏。他再次掏出手帕来,擤了擤鼻子,又把围巾系牢些。从公园边的清真寺里传来祈祷的哭求声。他撑着手杖站起身来。

"那是下午的祷告。原谅我这么一直讲个不停,恐怕已烦扰到您了。或许我们以后还会相见。早上我一般都是先去店里看看,然后去西洋棋手咖啡馆。什么时候来找我吧。就和邮局在同一条街上。你知道,就是帐篷旅游车停的地方。好了,日安啦。"

"日安,先生。"

那老人朝北出口缓缓走去,他的背已有些弯了。泽波杰特右边的桃金娘树丛下那些百合、月季和菊花明显开得更为繁茂,阳光透过松枝洒向它们。当他转头去看那女人时,他们的目光相遇了。她立即把头转开。她化了唇妆和眼妆,正盯着东边的出口。她或许在等某个男人,抑或正在寻觅男人。泽波杰特感到四肢无力。他裤子右腿靠近膝盖处的中缝上还留着个模糊的白色污斑,他又把这个斑痕搓搓擦擦。两个嘻嘻哈哈的女学生走了过去,她们穿着黑色的长袜,还有白色的领子。他左边长凳上那个长着小胡子的男人盯着她们走远。那女人的栗色鞋子鞋跟很高。她的双腿肉嘟嘟的。她打开膝头的手提包,迅速翻检了一下,又合上。不管她在找什么(手帕?口香糖?镜子?表?),很明显她都没找着。他如何才能接近她?他该说什么?"你好小姐……?小姐?不。你好,好久不见了。你好,你最近怎么样?你好,美好的一天,不是吗?你好,是你吗?已经过了好久啦自从上次……日安,这段时间你去哪儿了?你好,还认得我吗?日安,还认得我吗?咦,是你吗?好极了。你好，我看你一个人。日安……这会没完没了的。一定得决定下来，趁她还没离开，或者其他人……"

他站起来，把毛衣拉直，系上外套的纽扣。他走上前去时，那女人转过来看着他，脸色苍白。他在她近旁停下来。

"你好，还认得我吗？"

"不，我为什么会认得你？"

"我在车站附近经营一家旅店。你知道，你常常去那儿……跟一个朋友。"

"哦，是的。你变了好多。"

"是胡子。我把它剃光了。"

"旅店没事吧？上星期我有天晚上过去，你关门了。"

"我们重新整修了屋顶。接下来就要油漆了。"他吞了口唾沫，"要跟我一起来吗？"

"今天不行，我不能去。"

"求你了，你可以指定……"

"我说了今天不行。"

"伙计，你干吗不让这位女士一个人清静清静？"

他僵了一下，转过身来，心怦怦跳着。那长着小胡子的家伙从他的长凳上起身，正站在他身后瞪着他。那女人的声音高起来，尖厉但很轻。

"跟你有什么相干。管好你自己的事就行了。"

这让那人蒙住了，他拼命搜刮词句。

"但……我以为……难道不是……？"

"总之刚才这半小时你已经让我很讨厌了。一直盯着我，就好像……"

"等等，我只是……"

"两个人说话总可以吧，对吗？现在请你走开，否则我要叫警卫过来了。"

那人转身走开去了。

"兄——弟。每个营地的英雄。"她的声音回复正常了。

泽波杰特挪了挪位置。他活动活动手指，咳嗽起来。

"别坐在这儿了。跟我来吧，去旅店。"

"这会儿不行。我正在等一个人，他随时会过来。你先走吧，我过半小时就来。"

"你会来？半小时？"

"半小时。顶多四十五分钟。现在别站在那儿了，走吧。"

回到旅店,他就从楼梯下面把煤油炉拖出来,搬到房间里。这栋楼挺暖和的,但万一她还想要更暖些,这就可以用炉子取暖。窗户右边的小门后面是一间私用盥洗室,好几年前为这间屋子单独装的。他打开门,皱起了鼻子。自从安卡拉开来的火车上下来的女人之后,再没人来过这里,所以肯定就是她没有冲厕所。"好吧。那么那天早上的气味。"他撒过尿,拉了冲水绳,然后打开窗户给房间通风。公园里那女人让他想起的(或许是鼻子,还有嘴唇)就是这个人吗?他从床尾取下那块毛巾,折起来收进床头柜的抽屉里。那晚之后他就没再用过它了。昨晚,他一直想象着尸体下面房间里的那对情侣,就从床上坐了起来,但又躺下了,并没有伸手去取毛巾。他关起窗户拉上窗帘,拧亮台灯,走到大厅去坐在角落的椅子里。他点上香烟时,一辆小汽车飞驰而过,震得窗户咯咯作响。烟灰缸就快满了。这就是过去这五天他大多数时候所坐的地方吗?他会再次开始吗?他摇了摇头,用一根手指滑过桌面。灰尘。他起身把烟灰都倒进垃圾桶,然后擦了桌子。闹钟放在保险箱上,他把它转向自己。回来的路上他忘了去市区买手表了。大厅里还不暗,但他把灯都打开了,这才回去坐到他的椅子里。外面不时有行人的脚步声轻叩而过。他嘴里有干涩的苦味。他打了个嗝。"都是水煮白菜的味儿……"他咽了回去,掐灭了香烟。她常喝酒吗?她的声音有些粗哑。半小时,或四十……闹钟显示现在是五点一刻。她很可能会失约的。如果她的约会对象出现了,如果他们去了某个地方,如果他不让她走。她的膝盖矮墩墩的。她曾坐在床沿,黑色毛衣胸前很丰满。"你要喝茶吗?要我去泡些茶吗?你觉得我们要不要喝点儿茶?要不要来些……"随着一辆汽车的马达声渐渐远去,他听到有脚步声在门边停了下来。他抓住椅子站了起来。没人进来。当他跑到门前向外张望时,一个包着头巾的女人正沿着马路向右走去,与此同时,顺着人行道过来一个有着蜷曲短发的男孩,他经过时眼睛一直平稳地注视着前方。她不会来了。他期望从这个女人那里得到些什么,从女人们那里他又在期待什么?"让她直接见鬼去吧。"他大声说道。

当他关了灯走出去时,天已经黑了。他顺着从面包店通往市区的林荫道走着,走在那些方形铺路石上,星期三的晚上,他告别了那男孩——那个熟铁铺学徒之后,就是踩着这些方砖回来的。他右手插进口袋。两颗栗子自那晚之后就一直在那儿,他捏了捏,已经变得又冷又硬了。他把栗子扔了。在灯火通明的大街对面,写字楼前的人行道上——那男孩儿曾停下来,向这边微笑,或许在等候一个邀请——小商贩们仍是排成一排,卖他们的坚果、糖浆蛋糕,还有板栗。他过了马路,径直向那个戴着帽子、长着一张圆脸、活像个斗牛犬似的板栗小贩走去,却又犹豫了。那人抬起头来看他。沿着火盆边整整齐齐地码着一圈烤熟了的裂开口的板栗,有火星飞出。他并不是真的想买栗子,而是说他若要一些剥壳的板栗,或许就会……那小贩嚷嚷起来。

"嘿,看什么哪,老兄?像个犹太墓园石碑似的杵在那儿。走开啦!"

有人笑起来。泽波杰特陡然转身,沿着人行道走开了。"……犹太墓园石碑。"他甩甩双臂,搓搓面颊。"我刚刚真的像块石头一样纹丝不动吗?"要紧的并不是这种比喻的说法,而是那种轻蔑。如此的无礼本应激起上百的回击。而他做了什么？离开。想都没想就拣了最容易的那条出路。然而有时，离开——逃跑——是毫无意义的。无论怎样他们都会追着你而来的。即使在哈利勒下士的村子里。在那里他会怎么处置自己呢？过去这五天——尤其是今天——难道没有缩小他的选择范围？他不会逃的，也不会让其他人来做判决。但仍然有选择，即使是对那商贩，即使是此刻。"你才是犹太墓园的石碑

你父亲也是

你母亲也是

还有你的妻子

这个女人不是我妻子

烂泥

烂泥桶

无花果般的脸

果冻脸的犹太人

你会安眠于犹太墓园

你的寡妇会起舞

一个总是睡在火炉旁的安静女人，她一定是发了很大的脾气

踢翻那火盆，还有所有的栗子

让火炭散落一地

把煤油倒在阁楼上，她房间的煤油着了起来

他会向我冲来

人们还是会插手检察官逼问火灾发生时你在哪儿你没闻到吗听到了但我当时在睡觉

把他打倒在地，开始掐他的脖子

夜晚定有火焰白天定有浓烟有人看见了火 火

悄悄靠上去，好像要买栗子一样，给他重重一击

走上前来，一拳打在他下巴上

走上前来，向他的脖子砍去

火 火 冲进去找到尸体

质询，审问，下狱

站在那儿老监狱的门和门后抓着栏杆的苍白的手卢特菲他的名字对的外祖母死了之后是卢特菲耶·莫拉把妈妈奶大的站在那儿他们把你和其他犯人囚在一起当面咒骂他也问过你为什么杀了她拿着刀轻轻地来到他身后或者挖个洞可以从他颈后刺进去

在院子里没有地下室哪天晚上拽着她的脑袋把她

慢慢拖下楼梯但她的脚还是拽着脚吧那她的脑袋每下一级台阶都会砰的一声即使没人看到某个村里的亲戚问起来可能会去报警杂货商会告知说她回去参加她舅舅的葬礼了那我明白了她一定是在其他地方把滚烫的栗子夹在他腋下带着刀在他身后但如果他转过身来

  下次庭审定在十一月二十八日所以是十一月二十八日奇了他们怎么就单单挑中这一天法官当时好像是在看着我说把他们带走

  朝他的栗子里撒尘土我们从野猪湾拉沙子

  猪脸

  蠢驴

  奶牛逼

  骡子嘴

  猿猴脸

  熊

  河马

  蟑螂

  老鼠

  狗

豺狼

猛扑上去掐死一只豺狼绝不让豺狼吃了我的母马他舅舅的话你怀疑会掐死那男孩如果旁边没人那很难讲他会毫不回头还是退缩他还是做了那个最后的选择要是没有上吊现在已是满脸皱纹弯腰驼背靠手杖支撑就像公园里那个怪人我这个舅舅十九岁时异常英俊裁缝们都求着为他制备行头白色亚麻套装楼梯井里苍蝇从他身上飞起甚至没有一只公苍蝇靠近她很好欢呼吧

当他看见刀子他就

我今天确实到鞋匠希克马特那里去了修剪了我的指甲和鸡眼

从前面走上来

从旁边走上来

从身后走上来把他的帽子打掉在煤堆上

钥匙？还在那儿其他人已经把庄园忘了只有我被留下了还有那些死去的人公园里的老家伙和他帽子上歪扭的帽舌

偷偷夺了他的帽子扔远

扔出阁楼窗户落到人行道上扫大街的清洁工第二

天早上一定以为是被车碾过他叫什么名字没有名字就叫他烟墨吧那不是今天早上那个警察吗"

（突然他迎面撞到一个人的胳膊。"请原谅。"他说。）

"原谅我这么问你是外乡人吗不是等等是的各种事物都躲避着我我有朋友家人可以说说话吗哪天早上我该去一下西洋棋咖啡馆系着围裙在大街上一路冲过去手里挥舞着切肉刀人们会大笑着四散开去吗砰地进了院门他妻子躲进外屋一锅食物卡查马克给糟蹋了她的尸体能保存多久退役军官的女儿两星期后被发现了但那栋楼有暖气阁楼要凉快些冬天就快到了话说在砧板上剁了三下肉想起了他的妻子锯骨头的锯子可得是把钢锯在熟铁铺子可以买到一把这些给埃克雷姆的栗子

悄悄靠近踢他的脊椎

猛击他的脖子

你锯断下颈部了吗？

给他小腿上好好来上一脚

从脚开始那双黑黢黢的脚底板你上床前就不能洗洗吗从脚到屁股要锯成多少段把胳膊锯成两截不还是三截好了血肯定凝固了用锋利的刀片剔下躯干上的肉

一块一块用纸包起来拿到下面棚子里去每天隔几个小时就烧一大锅洗衣服的开水人们闻到烟味会以为是正在煮食物"

他摇摇头。快走到办公楼了。是拐到旁边一条小街巷上,还是走过去道歉对不起朋友我不应该站在那儿,抑或是若无其事地从旁经过,不去看他。他木然地走过那些糖浆蛋糕、坚果、板栗。"你这个疯子!"卖板栗的男人大叫道。泽波杰特看向他。那声大笑不是冲他来的,而是对着两个坚果小贩说的,那两人正在互相推搡调笑。过了银行还没到广场的时候,泽波杰特向右一拐,走进上星期他去过两次的那个小饭馆。里面没几个人,但门右边的一张桌上坐了两个短头发的年轻人。显然,坐在冷柜边上的那个阔鼻子、双下巴的客人每晚都来。泽波杰特走向门左边那张桌子,就是那天晚上穿六扣马甲的人坐的那张。他落了座,面朝着大街。另外还有两个人坐在他后面那桌,其中一个戴着眼镜。侍应生走上前来。

"您吃点儿什么?"

他点了拉克酒、烤肉串还有炸茄子。

"现在没有茄子了,阿比。我们的蚕豆泥不错。要尝尝吗?"

"好吧。"

他身后的一个声音正在称赞伊兹密尔一家拉克酒柜台小铺的土豆球。当服务生把蚕豆泥和半瓶拉克酒拿过来时,泽波杰特问他星期三晚上那个从警察和巡守手里溜走的家伙后来怎样了。被抓住了吗?

"不清楚。没听说。还要些奶酪和甜瓜吗?"

"不用了。给我来个橙子吧,把皮剥了。"

他把拉克倒进窄细的平底玻璃杯,抿了两口,尽量不做出苦状。这是否能缓解——只稍稍一点点——他脑中胸中不断增长的沉重?他无意中听到身后的只言片语。"……头三个星期……真是受不了……过去了……终于习惯了……在里头甚至在梦中。""……你受伤了吗?""没有……结果……刚好两年。""……至少……""当然,但是……不信任,怀疑,谎言……从没单独一个人……有时需要温暖和分享。"服务生回来了,端来了他的烤肉串和一个剥了皮切成片的橙子。这个人有一双发绿的灰色眼睛。手上的肤色并不深。"手黑心善,我一个朋友说的。"

那个和她父亲一起去看古代遗迹的高个子女孩一天晚上喝茶时这么说,那天前她刚丢了她的自行车。她把那辆自行车叫作迪尔迪尔。"我一不留神,她就会给它喂水喂饭。"那父亲这么说。哈希姆贝伊的大女儿梅瑟蕾特哈尼姆有一头叫作迪尔迪尔的骡子被火烧死了。在墙上的那幅画里,那匹修长的灰色骏马载着征服者法提赫(不论何时,只要瞄一眼法提赫人,他就会躬首致敬),正踏着浪涛奋力向前奔驰——它的名字会不会也叫迪尔迪尔?

法提赫人的名字叫赛尔达尔。在等待那女人回来时,他已决定要告诉她,如果她问起的话,他的名字叫赛尔达尔。那打铁铺的男孩问他时,他先点了一支烟才回答的。他晚饭后可以买些剥了壳的栗子,然后去看斗鸡。他把最后一点儿拉克酒倒进玻璃杯,喝了一半,当这不掺水的醇酒入喉时,他眯起了眼睛。放下杯子时,桌面仿佛倾斜了,他向后靠在椅子上。他背后的对话听起来更加清晰了。"……的人。他死后,乔伊·伊博接管了赌博方面的事务。恰克尔·哈桑原来常去那儿玩,几乎每次都会输点儿钱。然后有一天晚上,他赢了一大笔。乔伊·伊博付了他大约五分之一,跟他说剩下的以后交付。恰克尔当然想全拿到,说他在那儿已经撒下了太多现金,现在该翻盘了。他们暴打了他一顿,把他扔了出去,但他坚韧不屈,在咖啡馆里众目睽睽之下又好几次就这事向伊博理论。一天晚上在大街上,三发子弹从他身后射来。"谁身后?""恰克尔。他屁股中了一枪,接下来一个月都只能俯卧着,起初在医院,后来躺在家里。枪击发生的第二天,他把伊博的名字告诉了检察官。乔伊宣称自己一点儿也不知情,但他们判了他十八个月的刑。这边,孩子!再给我们来一小瓶,还要些酸奶拌脆黄瓜。""你不会点太多了吧?""拜托,一瓶算什么?""那后来怎么样了?""后来恰克尔决定他们中总有一个得死。他趴在床上一个月都在寻思这事。甚至考虑过伤好了以后犯个案子,到监狱里去实施报复。""给你们。还要些别的什么吗?""不了,谢谢。他的眼睛就像这个男孩一样。""别给我倒太多,我已经差不多了。""少来了。""我总是过后就后悔。可以了,别倒了。""好吧。不管怎样,有个正在坐牢的老乡,会告诉他关于伊博的消息。六个月过后,他得知他们要把乔伊转移到另一座监狱去。恰克尔剃了胡子,那天早上戴着墨镜去了火车站。他静静等候。

将近中午时,伊博戴着手铐,被两名卫兵押了过来,拘禁在警室里。不多久,他们押着他准备登上开往阿菲永的火车。恰克尔身上带着枪,穿过人群走上前去,一枪打中伊博的背。周围的人们尖叫起来四散而去,他把空枪递给一个呆立在那里的卫兵。伊博没有马上死去。第二天一整天,监狱中传来的消息都让恰克尔如坐针毡。'他还在坚持。医生说他会挺过去的。'那天下午晚些时候他松了一口气。伊博去世了。恰克尔设想着本来死的会是他。你会这么想让另一个人死……""他被绞死了吗?""没有,我出来时他还在受审。检察官并不打算处死他。""但是预谋杀人……""是预谋的,但有之前的枪击在先。""确实如此。""我在里头的时候,老阿里夫和这个恰克尔·哈桑……""嘘。""怎么了?""小声点儿,我觉得有人在偷听我们。"泽波杰特又俯身去吃饭了。他吃了几口冷掉的肉。那橙子尝起来挺酸。他不是要错过斗鸡了吧? 他又呷了几口拉克酒。人类的温暖有时候……

"嘿——赶紧的呀,朋友。"

一个肿胀嘴唇、粉红脸颊的男人拉开他对面的椅子坐下来。

"说你剩下的那点儿拉克呢。我们一起喝点儿吧。服务员!"

该说什么呢?泽波杰特站起身,紧紧倚着桌子,他感到头晕目眩。

"请原谅我得走了。我还得去一个地方。"

"这样啊?我不喜欢独自饮酒……"

他一边走向冰柜,一边从后兜里掏出一张钞票递给了服务生。

"不用找了。"

"谢谢。再来啊。"

外面挺凉。他沿着路边宽阔的人行道扶墙而行。他摸摸后面的口袋,削笔刀还在那儿。每当他脚下一滑——踩到了一块橙子皮或一口痰——全靠墙壁的摩擦力和撑在人行道上的一只手使他不致摔倒,又站直了。没人笑。人们没看到他吗?转过拐角,他站住了。那个小贩在那儿,正在用夹子一个个翻栗子。他仍在忙他的生意,大叫道:"烤得像鹅一样鲜美!"泽波杰特微微发抖,脸色苍白。只要有勇气——或冷漠——没什么事是一个人做不到的。他掏出一张十里拉的钞票,过了马路来到那小贩面前。

"来两里拉的。不要太鼓胀的。"

那小贩在一架小天平上称了栗子。

"五里拉,如果你要剥壳的话。"

那人抬头看着他。"好。"他说。那又粗又短、指甲脏兮兮的手指在栗子里搅了搅,把它们都剥了壳装进一个纸袋里。他的帽檐油腻腻的。深绿色的外套上,有一颗扣子,中间那颗,已经松了,垂挂在那里。烤栗子的金属板上,孔洞中露出木炭的红光,火星飞了上来。那小贩再次叫道:"烤得像鹅一样鲜美!"说着把纸袋递给他。

"看电影去吗?"

"不。"泽波杰特说,把他左手心里捏着的那张皱巴巴的十块钱递过去。他从纸袋里取了一颗栗子丢进嘴里。

"博兹山产的。最好了。"说着找回五枚一里拉的硬币。

"还认得我吗?"泽波杰特问。

"好像有点印象。说不上来在哪儿见过。"

他向市中心走去,把所有栗子都装进口袋里,把那纸袋揉成一团扔掉了。"傻瓜。"他轻声说。走过路两边那些已经关上了金属防护门的店铺,他发现这条林荫大道从这里开始就近乎荒芜了,一直伸向远方。今天这些栗子烤得比那天晚上好。马蹄慵倦的嘚嘚声之后,便见一辆轻便马车辚辚驶过。足剌和尖喙咖啡馆亮着灯,但外面没人。泽波杰特从窗户望进去,只见除了店主外还有三个年轻人,其中两个在玩双陆棋。"晚上好。"他说着走了进去。他选了那只斗鸡死前在上面拉过屎的桌子,点了一杯半糖的咖啡。他来早了吗?从眼前这张这一块那一块地刷着深绿色油漆的厚实木头桌面上,完全看不出上次那屎究竟是拉在哪里了。一个玩双陆棋的人在骂那骰子。"可不是它们的错啊。"他的对手大笑着。泽波杰特向那秃顶浓眉的店主付账时问他斗鸡比赛什么时候开始。

"今晚没有斗鸡。比赛都是在星期三和星期六举行。"

"明白了。"

"星期三可别错过了。塔赫辛贝伊要带一只新鸡来。是他前几天从代尼兹利弄来的。"

"他花了多少钱买的?"那第三个顾客问道,一边问一边仍在看棋。

"起初对方还故意端着,说不卖,我再也找不到像这只一样的了云云——你懂的。最终他让步了。塔赫辛贝伊说他付的钱本来都可以买一匹马了。"

"听起来像是塔赫辛贝伊的行事风格。"

"不错。要么斗赢要么破产。"

泽波杰特站起来。他道了声"晚安"作为告别,用胳膊砰地撞开门,从胳膊肘疼到了指尖。他要到电影院去找埃克雷姆。在咖啡馆时,他的五脏六腑一阵紧缩,让他感到不舒服,却并不疼痛。他超过了一对挽着手悠闲散步的情侣。当他经过两个青少年身旁时,其中一个开腔了:"老哥,您走起路来就像头醉醺醺的公牛。"他们笑起来。他并没有走得摇摇摆摆的,有吗?他拧过头,继续匆匆赶路。

到了售票厅,售票员告诉他放映已经开始了。"我们是两片同时放映,七点半开始。"他抓着一圈光滑的金属扶手爬上了楼梯。进了放映厅,他在领座员——一个年轻男孩子手中的微弱光线指引下小心地摸索而行,在中部靠过道的位子上坐了下来。观众定然寥寥,他旁边那排椅子都是空的。身后传来含混的讲话声和木椅子的吱嘎声。银幕上两个人正在激烈地打斗，打得不可开交。泽波杰特头有点儿晕乎。他紧紧闭上了眼睛。

他腹部的紧缩和不适尽管还算不上疼痛，但这会儿更难受了。他真的是喝太多了吗？算上他杯里没喝完的，一共半瓶拉克酒。屏幕上的一阵碎裂声引来后座上的几声喝彩。他的声音也在其中吗？泽波杰特扭过身去，半明半暗中看到的是一张张模糊不清的面孔。他浑身一阵哆嗦，在椅子里缩成一团。屏幕上，一个男人和一个女人站在一辆汽车旁接吻。他的眼皮干涩而沉重。"让我跟你一起走吧。"那女人说道。"不行，太危险了。"那男人答道。"但你也不会安全。""我会没事的。"泽波杰特把一只手按在肚子上揉着。他的额头上都是汗，浑身发麻。假设他确实认出了埃克雷姆，他能做什么呢？嗯，只好跟他说自己感到不舒服，提议两人明晚会面。八点前在电影院门口。一阵长久的枪炮交火声，接着是一片寂静。一声大叫——"等等！别跳！"——灯全亮了起来。他抓着座椅扶手站起来，向周围和后面那些面孔扫视了一圈。有人在说笑，其他人则面无表情或是阴沉着脸。尽管如此，他们彼此间都很相像，也全都

· 170 ·

很像他。不论是否意识到这一点,他们都可以做到一个人类所能做的任何事情。他的手臂开始发抖。他强睁双眼向出口跑去,但踉跄了一下,一把抓住了一个人的双肩。"想干什么?臭酒鬼!"那人一推,泽波杰特四仰八叉地瘫倒在了过道上,一些栗子滚到了木地板上。他挣扎着跪起来,掏出手帕来掩住嘴巴。他的下巴碰触到的那温润柔软之处,正是黏黏的鸟粪——来自公园的那只鸽子。他呕不出来,又把手帕收了起来。

"这个脏兮兮的酒鬼在这里干吗?"

"你这臭家伙。"

"把他给弄出去。"

有人伸出一条胳膊拉他,他就双手撑地站了起来。是那个领座员。"加油,挪一挪。"泽波杰特倚在他身上,拖着双脚,他们穿过喧笑哄闹的人群出去了。下楼梯时他绊了一下。

"现在可以放松点儿了,坚持住。你干吗喝这么多酒呀?"

"肚子……"

"疼吗?"

"像鼓一样紧，醉得不行了。"

他们走到街面上，他放开了男孩的胳膊，靠在墙上。

"要我叫辆出租马车吗？你身上有钱吗？"

"好的。有钱。"

街边停了两辆马车。男孩叫了前面那辆。

"哈利勒阿比！把车赶过来吧。"

户外的凉爽解了他的头晕。马车靠在路边，他蹒跚地走到跟前，在男孩的帮助下爬了上去。

"去哪儿？"

"阿尔提拉姆巴里区。祖国旅店。"

"到那儿要十里拉。"

"您行行好啊，哈利勒阿比。"那男孩说。

"顾客就是国王。你别管啦。"

泽波杰特掏出两张十块，一张给了驾车人，另一张他递给那男孩儿。"对这一切很抱歉。"他说。

"不必谢啦，阿比。"

出租马车启动时泽波杰特让那张钞票落在了人行道上。他弯着腰，两手按在肚子上，耳朵里嗡嗡作响。他们为什么走得这么慢？驾车人均匀温和的策马声，伴随着啪啪的挥鞭声,丝毫没有影响到那两匹马一路平和的小跑节奏。泽波杰特身子前倾,双手撑在座位上,轻声地呻吟。

"灯全都关了",泽波杰特下车时那驾车人说道。他连走带爬地上了那三级大理石台阶,从栗子和香烟盒下面掏出钥匙。他的手颤颤巍巍地开了门,待得进去,又费了半天劲才把门闩挂在正确的位置。当他向房间走去时,黑洞洞的过道仿佛在来回摇晃,一下向左,一下向右。他伸开双臂,贴着墙滑下去,跪在了地上。现在他能爬到房间里去了,总算拖着身躯瘫倒在床上。

(那两个来找毛巾的年轻村民一边站一个,把他绑在床上,来回把绳头抛给彼此,然后把绳子拉紧。"把毛巾给弄脏啊,嗯?"那个白皮肤的说着就爬上来坐在他肚子上,一边大喊大叫,一边在他身上撞击用屁股撞他

我要叫警卫了

听到了吗他要叫警卫

我听到了

去叫啊

一边斜着眼瞥他一边猛撞他肚子那男孩开始脱衣服

外套衬衫裤子短裤脱光了是法提赫人门砰地开了退役军官穿着制服走了进来大叫着这是要干什么法提赫人跳下来立正

长官!

这太可耻了你是谁

艾哈迈德之子塞尔达尔长官

哈利勒下士把他带走关五天禁闭只吃水和面包

是长官立刻执行长官

哈利勒下士把法提赫人推了出去退役军官就过来坐在泽波杰特肚子上你真强他说

我已经筋疲力尽了

没这回事告诉我她现在怎么样

我确实不清楚那你的那位怎样了

她如此迷恋我但最近坚持要回她的村庄看看

是在非洲的什么地方吗?

我想是的吧

你实在太重了请从我身上下来

你和我得逃走好吗

不我不能逃我被拴在这儿了被那些死去的人被这座

庄园宅子

退役军官走了他挣断绳索那只猫向他的脸扑来发出黄蜂般的嗡嗡声）

他直挺挺地坐起来，两只手捂着脸。下了床，扶着床沿在黑暗中摸索到水槽边。他要呕吐，但什么都吐不出来。他就用左手中指去抠嗓子上面的软腭。这让他感到一阵反胃，继续抠，便一下子剧烈地呕吐起来。他的肚子舒服多了。洗了脸和手，他坐在床上，脱了衣衫。他没洗脚，颤颤巍巍地钻进被子里去了。

〔在重罪署两名持刺刀的守卫在他两侧监守着他走过敞开的门入口处有一个老人（他的女儿在那里面一个声音说道）坐在那里分拣苍蝇母的放过公的一律赶走三名审判官中为首的那个是退役军官当他的手铐被卸下时他微笑着木质被告席外的律师席上坐的是牙医当四个同样打扮蓄着黑色小胡子的农民站起来跟他握手表达祝愿时他说一切顺利然后法官喝道请就座今天我们听取辩护被告律师站起来从包里取出几页纸大声朗读尊敬的法官大人们请想一想在广大空间中光天化日之下被看到的一小团火就像市中心某处街角从烤板栗的炭火中蹿出的一

丝火星这堆尘埃漫无目的地围着火苗缓缓旋转它的创造物当然要么杀人要么被杀要么是安全的还在提着问题他们死了法官重重地拍了一下桌子你已经陈述了你的案子似乎是关于杀戮的权利这种讨论在这里是被禁止的每个行动都必须符合法律规定辩护律师翻出一沓新的材料把原先的文件放回去念道尊敬的各位法官我要提醒你们注意十月三十日星期三的晚上我为其辩护并全仗您判断的被告是进了那间该深度嗜睡女人的房间的第一个男性鉴于他整整十年来除了两星期的中断外几乎每晚都在她半睡半醒时脱掉她的衣服因此他有正常的意图继续原谅我这么说去骑在她身上法官举起了一只手我认为你的辩护涉及那女人的死亡是的法官大人但担任审判长的退役军官说他是因为那猫受审而不是因为那女人受审然后使了个眼色回去辩护律师从那沓文件中又抽出一张开始说道掂量一下所有的选项是有好处的预先准备的任何一个替代方案停下后面一个声音叫道是他舅舅高高瘦瘦的穿着白色亚麻衣服他的母亲和父亲也在那儿他舅舅叫道你不属于这儿法庭里骚动起来检察官叫道把他赶出去正当警卫听众和入口处的人们乱作一团法官的声音清脆地响起

定在十一月二十八日〕

星期天早上

他的脸和身体滚烫，梦魇纠缠，每次当那猫如黄蜂般"嗡嗡"着从远处向他的脸急冲过来，他都是一阵猛烈的抽搐。腹内空空、精疲力竭，他的脚和头肿胀，偶尔去趟厕所，就大口大口地喝水，他在床上躺了很久很久，后来当他买了一份报纸，上面的日期是十一月七日，他意识到自己不过躺了两天而已（在夜里他被又一个梦惊醒，那天早上他慢慢穿上衣服，现在好多了，他轻声说："那么好吧，十一月二十八日。"他走到镜子前，下了好几次决心才把自认为长了五天的胡子刮了，然后把表装进口袋——它停在九点十二分，而保险柜上的闹钟则显示是十二点差八分——他走到外面凉爽的落着雨的天空下，来到车站的报刊亭）。当某些细节（比如十一月二十八日）具有了意义，抑或结局已定（正如当他把自己每次回顾一天历程时都会从镜中看到的胡子完全交由理发师处置时），那时就免不了需要其他人的证实和目击了。车站的大钟指向十一点十七分。他校准自己的表,上了发条,去了附近一家餐馆吃饭。"……我既没有死去也并不是活着。"是一首改编歌的片段,隔一户那家咖啡馆的收音机里正大声播放着一个低沉男声的演唱。他吃完米饭,起身付账。厨子给他找了钱,问道:"在这儿住院?"

回去时他走的是车站后面那条街,突然见到那个锡铁箭头——是他爸爸,或者是爸爸命人钉在街角的松树上的——自生意开张以来,这个箭头就经年累月地指引他沿这条街走下去,走过理发店,而他已经把这个箭头忘记了。箭头上一些油漆已经褪色了,松松垮垮地挂在那里,指着地下。不过挂得很高,人够不到。他转过脸继续走着,沿着左边的人行道,免得被理发师看到,就这么一路回到旅店,然后躺在床上。

此刻他躺在床上,刚刚睡醒。黑暗中雨仍在下。现在他入睡容易多了,自从在众多方案中做出了选择。自从他做了决定。上个星期他背负的沉重负担已经消失,在他醒来的那一刻它不再压迫他的心脏和头颅。并不是说,每当机动车轰隆隆地驶过、摇撼着宅邸,使他想起这古老建筑曾见证过的两次火灾和那场大火以及无数的地震时,他就不会再想到也许有一天它终将坍塌,那时他们就会发现尸体。当然,即使他在坍塌中幸存下来,也还是有一点时间去躲避抓捕。在所有那些自认为清白无辜的人面前,他感到尴尬,事实上是羞耻,那些人没有意识到只有犯罪——某种犯罪——才能使你在世上活下来。两天来他步行去吃午饭时都是一路低着头的,付账时也避免与厨师目光接触。傍晚时分,他会趁天黑前在餐具室泡好茶,这样就不会有灯光吸引到访客了,他在那里吃完面包、香肠和奶酪,就早早脱衣上床了。白天的大部分时光他也是在床上度过的。昨天午后有门铃声短暂响起,他未加理会。晚饭前他来到大厅,发现门下有一张通知单。他们遗憾地通知他,月底前若不缴费,将切断他的水电。门外的按钮连着两个铃,一个铃在阁楼上。他扯断这些电线,上楼去站在她的房间门口。嗅了嗅。没什么味道。下楼去时,他停在三楼的平台上,打开一扇窗。云层在山头积聚。还是个孩子的时候,斋月期间他常在邻近黄昏的时候来到这窗边,留心等候着宣告一天斋戒结束的大炮的火光。楼上桌子那时已经摆好,比实际通告早四五秒,随着山坡上光线微弱地一闪,他就会大叫"哇呜",奔上那不多的几级台阶,看到爸爸妈妈正在把果核（妈妈的是枣椰子，爸爸的是一颗橄榄）吐在手里。"谢谢我的孩子，"他妈妈会说，"我们是第一个开斋的。"她从不吃橄榄。甚至是大火之后的那天，他们逃难中存储的粮食都给了沿途那些饥饿的儿童，她腹内空空，被饥饿噬咬，哪怕这样，她也拒绝吃吕斯泰姆贝伊的一个朋友给他们的橄榄。只是在家人的一再催促之下，她才吃了一些波力克，这些波力克是赛穆拉哈尼姆专享的待遇，因为她那时正在哺育十个月大的婴儿。被马车夫赶上山的马匹中，有一匹驮着两条沉甸甸的羊毛小地毯和一些毛毯，还挂着一个鞍囊，里面装着他们的干粮、黄金、手镯、耳环和珍珠。赛穆拉哈尼姆骑着另外那匹马，她六岁的女儿坐在她身后，还是个小婴儿的儿子则抱在膝头。她能像男人那样骑马，是童年时在托尔巴勒乡下的一个农场上跟父亲学的——是她祖父的农场。那时正处在解放期间，为了防止劫掠者抢掠庄园，吕斯泰姆贝伊和马车夫骑马赶下山去了，其他人则步行跋涉远路，下山回到浓烟滚滚的城镇——那男孩被妈妈抱在怀里整整两天，其他人要抱，他就大哭。法鲁克。在那个上吊死了的兄弟之后，他们给三个儿子都起了这个名字。第一个法鲁克四个月大时就死了，第二个则是两个半月大时死的。第三个活了下来。

他翻向右侧,听着排水管里的水声以及从棚子和马厩屋顶上落下的水声渐渐变缓。一束微弱的三角形光线映在窗帘的右上角。大概是远处的一盏街灯,或是有人在照料病人。他将两臂放在被子上。房间挺暖和。他把炉子生了一会儿才爬上床睡觉的。他摸黑用一只肘撑起身子,从床头柜上取了烟和火柴。他点燃香烟,用火柴的焰光照了照表。五点二十。他把铜烟缸放在被子上,又躺了下去。"我既没有死去也并不是活着。"还得十八天。他的外祖父(哈希姆贝伊)在被他们锁在三楼那间屋子里后坚持了五天。"这么大块头的一个人,就渐渐地皱缩下去。从听不到他的一点儿声息。是我负责为他倒夜壶和送饭。他几乎不碰那些食物。只是呆呆地盯着天花板,好像并没有听到我来了。那天早上我走进去,他的夜壶是空的。他问我是谁。'赛义德,叔叔。''叫努尔丁来。''努尔丁已经死去好几年了,叔叔。我何不叫另一个兄弟吕斯泰姆来?'他转眼看向别处,说道:'我的鸟儿们都送给布朗德·阿里。'被子从床上滑下来,我给他重新盖好。他摇摇双臂,脑袋一歪,双眼向外凸起。我跑到大厅尖叫起来,吕斯泰姆一路含泪跑上楼来,冲进房门。他把脸埋在被子里,无力地瘫坐在地上。"谁都不认识哈希姆贝伊最后提到的那个布朗德·阿里。他们四处打听,但没人能提供线索。或许是他的某个童年好友,一个养鸽子的同好。努尔丁,他第一个妻子哈芙赛哈尼姆的儿子,是他最大的孩子。

他掐灭香烟,把烟灰缸放了回去。雨已经停了。那昏暗的三角形光线依然照在窗帘上。"把光唤醒。"他父亲以前老这么说。他从来都没法忍受黑暗。他很少谈及家庭,或许是不愿触及他们突然就死于地震的这段记忆。泽波杰特的妈妈则相反,总是三句不离她的祖先,不厌其详地讲述她的所见所闻。据她描述,哈芙赛哈尼姆是梅芙雷维[①]教团的一员,阿卜杜勒-卡里姆·切莱比的姐妹,这个阿卜杜勒-卡里姆那些年是镇上梅芙雷维教团会堂的长老。当时她只有二十八岁,是两个孩

---

① "梅芙雷维"(Mevlevi)与下文的"哈尔弗第"(Halveti)都是伊斯兰教苏菲派的教团,前者侧重于神秘主义的奥义,后者则注重禁欲苦行的实践。前者以其旋转托钵僧舞著称。教团乃是由早期以导师为核心的苏菲派小团体在各地的聚会场所发展而来的常设组织,多以各自创始人的名字命名。各地教团互不隶属,有自己的宗旨和修炼方式。

子的母亲,一次她当场撞见丈夫跟一个女仆在一起,就搬到了三楼一间可以俯瞰大街的房间。全家都慌了。她的姻亲们(她兄弟的妻子,哈希姆贝伊的姐妹)过来求情,哈希姆贝伊的母亲试着规劝她。"他毕竟是个男人。你要是知道我都忍受了些什么就好了。"但她并不屈服。"我没法直视他的脸。我会感到羞耻。他可以再娶的。"闲言碎语传开了。在那个法律和风俗只给了男人解除婚姻的权利的年代,有人宣称她已经把他给休了。好多天来,哈希姆贝伊甚至把他的鸟儿们也抛在了脑后。一天夜里,他上楼去敲门,请求她让自己进去。里面没有回应,他就用身体把门撞开了。孩子们坐在床上大哭,哈芙赛哈尼姆则站在窗边。她抬起窗格,只说了一句:"再过来一步,我就跳下去。"哈希姆贝伊转身离开了,再没到过那层楼去。哈芙赛哈尼姆因为不想让自己的孩子们在没有父亲的情况下长大,留在了庄园宅子,一直住在三楼。当她不得已要下楼来时就遮着头。哈希姆贝伊来年里娶了第二任妻子,两个女人处得很好。她称内比勒哈尼姆为"女儿",尽管她们只相差十岁。"我最初的记忆就是关于哈芙赛婶婶的。你知道我母亲分娩时死去了，因此我需要一个奶妈。内比勒婶婶那时正在喂养吕斯泰姆哥哥，但她的奶水只够他一人吃的，所以他们就派人请来卢特菲耶姑妈，她有个三个月大的女儿。哈芙赛婶婶把我收留在楼上。她为我摇摇篮，给我换尿布，在我生病时悉心照顾。她甚至不放心自己的女儿来抱我，尽管她已经八岁了，就是大姐梅瑟蕾特。一个冒冒失失的假小子，如果有这么一号人的话，那说的就是她了。她会在夜里过来用煤灰蹭我们的脸，在藤椅上插满针，从阁楼窗户里把水泼在下面人的头上，从楼梯扶手上滑下去。家里最终总共有大大小小六个孩子。努尔丁哥哥，最大的孩子，不怎么跟其他孩子一起玩，常躲在自己的房间里看书。我们总想要婶婶陪在身边，她讲的故事特别好听。愿光明的平安降临她们，我的两个婶婶对我都视如己出。不论是礼物还是衣服，其他女孩子有什么，我也都有。哈芙赛婶婶早晨给我梳头发的时候常常会亲吻我的后颈，说我的头发多漂亮啊，称我是她的小孤儿。但当梅瑟蕾特姐姐跟看门人的儿子跑了之后，婶婶就消沉下去了。只几天工夫，她就面容憔悴，生出了皱纹。她总是戴着头巾。有时我会帮她揉揉脖子和两鬓。她吃了鸦片,开始拉拉杂杂地什么都讲。最终,这个曾因为女儿说了粗话而给她嘴唇上抹辣椒的女人——梅瑟蕾特那时摔倒在地上,大叫'哎哟,我的屁股'——开始唠唠叨叨地讲出所有那些她和她丈夫以前在床上做的事。都是些让人没法出口的话。"哈希姆贝伊开除了那个看门人,也不认梅瑟蕾特了,但内比勒哈尼姆向他求情——即使那只是她的继女——为他们争取了一笔嫁妆,外加四英亩的葡萄园。他们在阿兹玛卡尔提附近一处小寓所安下家来。一直没有孩子。多年后,她丈夫在河里张网捕鱼时,一只脚被柳树根缠住,淹死了。他们请梅瑟蕾特哈尼姆回到庄园去生活,但她拒绝了。她自己一个人照看葡萄园,夏日里骑着驴出去,嘴里抽着自制的卷烟。她常大笑着讲述男人们如何在田间地头向她打招呼,把她看作他们中的一员。一个夏天的傍晚,她骑着迪尔迪尔回来了,鞍囊里装着干草,一定是她抽的烟有火星迸出来落在了干草里。那草着了起来,当她试图徒手扑灭火焰时,火烧到了她的衣裳。这时她跳了起来,浑身是火在驴子后面奔跑,直到摔倒。两个正在不远处簸小麦的男人赶紧冲了上来,但等他们扑灭了她身上的火,她浑身都已经烧焦了。那天晚上她就死了。

床震了一下。这是他醒来之后路上开过的第二辆机动车。他转过脑袋望着窗帘。那三角形的光斑不见了。外面很黑,街灯不会这么早就关掉的。或许是那个病人睡着了。或者,死去了。"我既没有死去也并不是活着。"十八天。还差十八天的时候,大舅努尔丁就从他在哈尔弗第修道院的石室中出来了。"我的四十天满了。"他说。见习隐修伊始剃掉的头发和胡子又长了起来。他脸色苍白,衬衣在瘦削的身体上垂挂下来。他一天里会有两次离开那间苦修小屋,低着头到外屋去,从放在他门前的托盘里拿回一大块面包和一些橄榄。导师告诉他,"孩子,我们已经坚持了二十二天了。""您错了。已经四十天了。"其他的托钵僧笑起来,导师举起一只手制止道:"确实如此。我们可能算错了。"努尔丁于是晃了晃,瘫倒下去。他们把他安置在一间卧室里,就派人去叫他的父亲。哈希姆贝伊带来的医生诊断说这只是精力枯竭了,并保证很快就会恢复的。一点的时候努尔丁睁开双眼微笑了。"父亲,一切都这么好。"第二天早晨他就死了。只活了二十八岁。公园里那位老人家弄错了。和斯塔福罗医生的妻子闹绯闻的是努尔丁，不是吕斯泰姆贝伊。这男孩从没跟任何人讲过，但有传言说他们常在一个挨家挨户兜售内衣和亚麻布的女人的房子里相会。斯塔福罗的妻子死后（是被毒死的，人们就此认为是她丈夫干的），努尔丁突然遁入修道生活，正是这一点引起了流言蜚语。也或许仅仅是因为那贩妇曾狡黠地自夸："他们知道那所房子。"他舅舅，阿卜杜勒-卡里姆·切莱比，曾提出让他在会堂里当个抄写员，但努尔丁却更愿意加入那些负责一般杂务的见习修士。他们中的两个，不论哪两个，但必须没有胡须，会被指派去打扫阿卜杜勒-卡里姆·切莱比的房间，给他铺床、送饭，在他沐浴时为他浇水。但努尔丁始终没能很好地适应会堂的生活。两个月结束之前他就离开了，不顾他舅舅的失望或有些人对他提出的叛教者的指控，投到了哈尔弗第教团导师伊斯梅尔·德德的门下。"他们全都软弱而懒惰。"他吻了导师的手以示敬意之后这么说道，"他们只是吃吃喝喝，空谈度日。"就在那个中午，做完一个简短的仪式之后，他就缩进他的石头小室，开始了为期四十天的隐修。

泽波杰特双手抚过胸膛、肚皮和腿。让身体承担如此重荷，不就是一种自杀吗？在那个冰冷的小室里，只有一张草席供他坐卧，一条毛毯用来取暖，不洗脸不洗澡，除了一点面包和橄榄之外什么都不吃……二十二天已经是他的极限了。他搓搓自己的脖子。到十一月二十八日，就凑够四十天了。凯奇吉家的最后一员。待在伊斯坦布尔的那个把自己出生的老宅忘在脑后的人可不能算数。五年前，他对做生意感到厌恶——卖掉了两家祖传的铺子——甚至都懒得上楼去看看。这座庄园宅邸和那些死去的人，才是凯奇吉家。他们几百年前就已经扎根于此了。凯奇吉-扎德·穆罕默德阿迦——指挥禁卫军的阿迦——他十七世纪中叶在猎人苏丹穆罕默德手下服役，他有一个儿子，因镇压了伊斯坦布尔的一场起义而扬名，作为奖赏他得到了两座村庄的土地。土地上长着几百英亩的灌木丛，中间间杂着僧侣胡椒。这片横跨河流两岸的广袤土地，到那时为止还只是作为放羊的牧场，朝圣者泽伊内尔阿迦在十九世纪的伊始，半靠强迫、半靠许诺分成权，诱使农民们为他耕地，由此开垦出一片丰饶的土壤，其收入所得——连同其他农场的收入一起——日后被用来在镇上购置和兴建了好几家商店。泽伊内尔阿迦的儿子梅利克阿迦造了这座宅邸。人们那时都说凯奇吉家仅靠卖他们家里和那么多店里的门就足以过活好多年了。梅利克阿迦严格地管理、监督种地的农民和工头。一直到中风使他卧床不起的那天为止，播种和收获季节他都会亲自骑马来到地里，通常都是日头下山后一两个小时才回家。他在六十五岁时去世了，那时他的儿子三十岁，他的儿媳妇正怀着努尔丁。

哈希姆贝伊则对农田不闻不问。工头们靠窃取棉花、谷物、葡萄和橄榄而发家致富了。与这种粗疏相伴而来的是某种慷慨，哈希姆贝伊对花费的事不怎么上心。山脚下的溪边，离旧庄园在战火中被烧毁的地方不远，耸立着一座座高高的仓库，仓库的屋檐下住着哈希姆贝伊的鸽子。上百个品种应有尽有。甚至专门雇了一个人来照料和喂养它们。有几对鸽子他是付了十个左右金币购来的，这可是一对驾车马匹的价格。偶尔，当他看着它们在空中翻着筋斗飞掠而过时，会有一只高高盘旋的老鹰俯冲下来叼去一只。这促使他设了个长期奖励，只要有人带来死掉的鹰或隼,每只奖励两枚金币。然后就是婚礼、节日、斋月傍晚和割礼庆典的花费,女儿或女仆出嫁时的嫁妆,马鞍具、拉车的马匹,以及车夫。"吕斯泰姆哥哥在宣布'自由'的两个半月后结婚了。那宴饮!一连三天,棚子下面一大锅一大锅的食物排了好几排,整日里咕嘟咕嘟地冒着气。我们骑着马去伊兹密尔接新娘时,那是怎样一种壮观的阵仗!五人打鼓,五人吹唢呐,弦乐声声,女孩们和扮成女孩的男人们不停起舞。接新娘的大车上镶着珍珠母贝,由四匹灰马拉着。"婚礼结束后他们卖掉了十家店铺。吕斯泰姆贝伊跟他父亲一个样。那场大火中烧毁的店铺再没有重建,土地也被零零星星地抛售了。到了二十世纪三十年代,小麦的价格跌到了一库鲁,一袋一袋的无籽葡萄干(已经跌到了三库鲁)成堆地积在那里,老鼠在里面打洞做窝,价格就再没变动过。飞蛾啃光了大麦,吕斯泰姆贝伊——每个月都从伊兹密尔过来收旅店的盈利——称他们全家就靠这个支撑了。那些年中,他贱价转让了土地,那些所剩本已无几的葡萄园和土地也在不久之后,在他一九五五年去世的时候,被他在伊兹密尔的三个已出嫁的女儿卖掉了，只留下两爿店和这家旅馆给了法鲁克贝伊。他五年前从伊斯坦布尔过来卖掉了他的两家商店，并保证不会放弃这家旅店，他笑道："它让我有烟抽。"那晚他就睡在这间屋子的这张床上，他们两个都是在这张床上降生的。他母亲那时跟他一起生活在伊斯坦布尔。或许她现在仍活在人世。她得有七十五岁了吧。"我没法继续待在这旧时的废墟上"，大火之后她曾这么说过。"我们在市里另有一座房子。得为我儿子的教育和女孩们的抚养着想。"他们就搬去了伊兹密尔，在那儿她做副官的父亲留给她一座位于科卡尔亚利的房子。就是在隔壁的那所房子里——哈希姆贝伊最小的女儿菲尔汗德在共和国成立的前一年嫁到了这家——吕斯泰姆贝伊在许久之前见到了那个深受他妹妹赞赏、即将成为他妻子的女孩。那是个深色皮肤、非常耀眼的女孩，相当高，胸部丰满，黑色的头发和眼睛，长长的睫毛，有些尖的鼻子，薄薄的嘴唇。他们结婚时她二十岁，她的丈夫二十三岁。法鲁克去伊兹密尔念中学的两年里（他将在毕业那年的夏天上吊），就在那所房子里和姐姐一起过冬，只在学年结束时才回家。内比勒哈尼姆，偶尔和哈希姆贝伊来探望他们最小的两个孩子时,会恳求道:"一个月就一次。你可以搭乘星期四下午的火车,星期五傍晚就回来。"但法鲁克总是以学习为由推托。夏天——学校在六月上旬就结束课程——全家都会搬到阿兹玛卡尔提有两座瞭望塔的葡萄园去。他们会一直待到九月葡萄丰收。在法鲁克和他妈妈死后,家人就只去过那里三次。动员期间害怕逃兵,希腊占领期间又担心强盗。"赛穆拉是对此感到最难过的,她老说夏天都变味了。她第一次去也没有待多久,那时她有身孕,不能骑马。或许就是在那天,她甜言蜜语哄得吕斯泰姆贝伊允许她跨上了马背。不管怎样吧,秋天她的孩子一生下来就是死胎。第二年夏天,他们几乎每个下午都一起骑马出去,临近傍晚才回来。我记得那些汗涔涔的马匹,它们肚子两侧全是汗沫。马车夫不得不先牵着它们四处走走,再拉回马厩。法鲁克通常也一起出去,但不一会儿就会和他们分开,好让他们两个单独相处。事实上,好多日子里他都宁愿待着不出去,但那时赛穆拉就总会调侃他:'年轻的小姻亲怕走丢了。'然后就大笑起来。她称他年轻的小姻亲,来表示小叔子。一天他问她凭借什么以老自居。'四年,'她说,'差了整整四年,就是凭的这一点。'吕斯泰姆阿比敦促他也一道走,'不然我会感到伤心的'。他们走后,内比勒婶婶会祈祷。一天傍晚,他们在一片割过的庄稼地里疾驰,突然吕斯泰姆阿比的马翻倒了。赛穆拉惊叫起来。法鲁克跳下还未及勒停的母马,一边大叫着'是我的错',一边向吕斯泰姆阿比跑去。吕斯泰姆阿比趴在地上,一动不动,血从前额上流下来。法鲁克扑在他身上,但吕斯泰姆——他在装死——突然给了他一个拥抱和亲吻。黄昏时,他们互相开着玩笑,嘻嘻哈哈地一起回来了。兄弟俩一向亲密无间,但自从吕斯泰姆阿比结婚后,法鲁克对他的爱就变成了崇拜。他的每一个愿望,法鲁克都立即予以满足。然后就是那匹母马。法鲁克死前不到一周的一天傍晚,天黑了他还在外面没回来,内比勒婶婶非常焦急。男人们备了马出去搜寻,赛穆拉也跟着她丈夫一起去了。他们在一片橄榄树林旁的山丘上找到了他,他正守着自己骑出来的那匹母马。'我不会让豺狼吃掉它的。'他说。他们把它的尸骸捆在其他马的背上,走了很远的路回到家中,当晚就挖了一个沟把它埋葬了。"

外面驶过的车辆渐渐多起来了。他听到一列火车的声音。想知道法鲁克把他那匹马骑到累死时心里在想什么。他就是在那个傍晚做出了最后的抉择吗？因为当他的哥哥躺在那里看上去像是死了的时候，他大叫"是我的错"，这意味着死亡已经占据了他的心，愧疚一直压着他。在结婚之后，法鲁克的爱变成了崇拜。人们认为他避开嫂子是出于尊敬。没一个人明白，只有内比勒哈尼姆可能感到了点儿什么。赛穆拉也不知道吗？或许她一心都在吕斯泰姆身上，以至于她的"年轻的小姻亲"偷偷的瞥视——用餐时，或外出骑马时——从未被注意到。既然这对夫妇，根据他母亲的描述，在闷热的夜晚常溜到河里去玩，快早上时才回来，那他一定一直在黑暗中坐在窗边，等着。等他的哥哥吗？在这样的夜晚，法鲁克自己显然也出去了，但早在他们回来之前就回来了。或许一天夜里，当暑热让他无法入睡，他离开床半裸着下到河里去，看到了他们靠在一起，或是在被树木包围的小沙滩上睡着了。所以，在点着火炬的傍晚，家人们坐在两座"塔楼"之间的空地上——日落之前这里只稀稀拉拉地铺着些草席，傍晚则铺满了草席，锡铁托盘装着浸透了煤油的木炭,高高擎在四根粗粗的柱子上,人们面前摆满了首席女仆卡德里耶带着两个女仆做出来的丰盛菜肴(这些菜肴他是在母亲的注视下强迫自己吃掉的)——吃完了饭,话也谈得差不多了之后,他就退回自己的房间(不然他母亲会以为他还会回来),躺在那儿,直到下面的火焰熄灭,每个人都歇息了。那时他就起身去坐在河边的空地旁。他听到一条鱼或是一只青蛙,抑或脱落的一撮泥土落进河里的溅水声,听到两只看门狗吠叫着回应远处一只豺的嗥叫,还听到对岸树上栖息的一只猫头鹰发出的节奏均匀的鸣叫——大概在召唤它的伴侣——时间静静流逝着,他不确定自己为什么要等。他看着月光和星光下映出轮廓的葡萄藤时感到愧疚而烦乱,他们两个可能很快就会从那藤下穿过,又一次过到这边来。是那样吗?在那些炎热的、让人透不过气的夜晚,即使打开窗户只关着纱窗也丝毫无法减轻暑热,他俩裸着身子,身体互相接触的地方因为浸透了汗水而滑亮,假如一个开口说——"此刻他们都睡着了,我们到河里去吧"——然后两人就裹着床单,在黑暗中谨慎地行走,小心翼翼,不吵醒家人,他们就这样挽着手、赤着足,步出户外,来到清凉的空气中,不在乎泥块刺痛脚底,跑过葡萄藤间刚刚犁过的地垄来到那片空地,躺了下来,抑或先游一阵泳,然后浑身湿漉漉地在被单上交缠、结合。他会爬近些去看吗?近到可以听到他们的呻吟、哽住的嗓音,以及她的叫喊"啊,一直搂着我"?还是他会逃回塔楼?某个那样的夜晚,他没有把女仆召来吗?一个年轻的女孩,她的手抖了一下,把端给年轻贝伊的水泼在了他身上,当他看她时她就脸红了——行将结束的某个晚上他一定叫她来了,才发现只是为一个女人,一个绝不可能的女人……泽波杰特使劲摇了摇头。所有这些都只是揣测,是他自己对传言的解读。无法保证他母亲在讲述自己的所见所闻时没有夸大其词,甚至说谎。而且事实上她也并未提到这么一种爱慕。"我们永远都没法知道他为什么在十九岁的时候自杀了。他跟谁也没说,也没留下只言片语的记录。我们仔细检查了他的衣柜、箱子、书和日记,但什么都没发现。"如果吕斯泰姆贝伊曾疑心过法鲁克对他妻子的渴念,他还会用他的名字来命名自己所有的儿子吗?在这起自杀事件之后的十年,吕斯泰姆给他的第三个儿子——一如前两个一样——取名法鲁克，有人跟他说这名字就像个死亡判决，他回答说："死了也叫这个名字。活着还叫这个名字。"对动机的解释和探寻都作不得数，它们并不能给出确切的答案。作数的只有行动，而对人来说，确定无疑的事终究只有一件。

窗帘外面不再那么黑了。透进来的光线已经足够让人看清室内的物品摆设。床脚，桌椅，煤油炉，架上的衣服，从天花板上垂挂下来的白色灯罩。从现在起它能持续承受他的重量十八天吗？他还在等什么？床震了震。荒谬、矛盾与中断，这一切若是发生在十一月二十八日，会因此变得充满意义吗？

他起床。

他穿衣服。

他铺好床。

他洗脸。三天没刮胡子了。

他泡了茶，喝了两杯。

当他在写字台后面坐下时，保险柜上的钟表指向八点一刻。他打开登记簿。从十一月四日开始他就没再写过那些编出来的顾客的名字了。基本上，经营一家旅店与运行一家机构、打理一桩大生意，或统治一个国家并无二致。一旦你开始认清自己，开始了解到手头在做的都是些什么，那么你出错、垮掉的时候就到了。所幸政府的管理者们并没有意识到这点，不然他们所能造成的危害可比一家小旅馆的经理要大多了。他合上登记簿。写下这些名字，或是在后面留下备注还有任何意义吗？不久后，一份警局报告——缺少"质询"这项——就会确认，这一切都发生在十一月四日。假定有某个细心的探员检查了这些簿子，发现去年十月三十日到十一月四日间在这里住过的那些人今年又住了进来。就在同样的日子，住在同样的房间。他会怎样解释？泽波杰特笑了笑。他起身把去年的登记簿放回楼梯下的箱子里。他从抽屉里取出二号房的钥匙，上楼去时，从楼梯平台的窗户看到山顶云雾缭绕。他从二号房出来——退役军官在那儿住过一个星期——手里拿着兽医贝伊的密使留下的晾衣绳。他回到自己房间，从桌上取下刮胡子的工具放在墙根，然后把桌子拉到床边，又费了些力气把它抬到床垫上。他脱了鞋袜。外套，长裤，还有毛衣，起初搭在椅子上，后来又挂在架子上。他穿着内衣裤登上床来，向下推了推桌子看看稳不稳，然后小心地爬上去站直。他抓住白色灯罩上面那段不长的电线，两手往下一拽。"咔"的一声，电线与天花板连接处的一片木头就给掰了下来。漆皮和灰泥掉了他一头一脸。他撤步下到床上，又下到地面上。那灯罩歪斜着挂在电线端头。他从床脚捡起晾衣绳，又到餐具室去拿了面包刀和研磨杵，带到二号房里来。在那里，他把床推到窗前——先推床脚，再推床头。他在地板中央用杵猛砸刀柄，割下一大片地板革。他的脸此刻苍白而冷峻，他的呼吸短促。他向后靠在床上坐了一会儿，凝视着露出来的陈旧发黑的木板。它们数十年前就来到这儿，被钉了进去。是樵妇们在山上的某片树林里切割了它们。这些巨大的松树干在男人们的斧锯下倾倒，被斫去树枝、剥去树皮、在阴凉处晾干，躺在一块空地上（在不知什么山上——或许是萨本丘贝利森林），直到樵妇们穿着笨重的灯笼裤（即使是在夏季炎热的下午，此时男人们在林子里或山羊毛帐篷里打着哈欠，沉沉睡去，山羊们也停止觅食，去寻浓荫处乘凉），穿着层层叠叠的裙子，还有黄红黑色的刺绣羊毛背心，以及雕板印花、有珠饰和亮片流苏的棉布围巾（她们一边喊"泽伊内普，把水搬来！"一边不时停下来去擦拭眉头。一个小女孩就会从帐篷里赶紧跑出去，手里提着沉沉的松木或杜松木做的水壶，身体侧向一边——水壶是从一块原木中凿出来的，里面盛的水也因渗入了木香而格外甘美——女人们举起这没有手柄的敞口容器，溢出的水顺着她们的下巴淌下来，流到了她们羊毛背心那鼓起的胸部），操起锋利、滚烫的锯子，以切割木板所需的那种沉稳坚韧的节奏把这些原木锯开，锯子上映出的阳光随着这节奏一闪一闪；这些木板等下就会装上骡背（或由驮夫背着）运到山路上，再由等在那儿的牛车（那些畜生慢吞吞的，身躯庞大，随着负轭的粗壮脖子在下山的路上一起一伏，大车就吱嘎吱嘎地响着——上坡时它们则会在打在身侧的尖锐小棍的鞭策下扯着脖子尽力向上拉）送到镇上的木料仓库去，一百二十五年前，梅利克阿迦正在那儿建造新的宅邸，他一定经过讨价还价，霸道地以最低廉的价格把他们打发了，或者是差建造宅邸的工头去采购木料，这些木材就被运来，并在这里安置就位。泽波杰特弯下腰去，开始用刀子凿木头。由于受到脚、拖鞋、木屐和扫帚的磨损——在地板革铺起来之前——木板几乎都朽烂松软了。每星期一次，硬毛板刷和破布拖把的刷洗都会把水渗进去［是由一个女仆来刷洗的，她身旁放着水桶，随着跪在地板上向后退去，她的臀部会来回摆动，她刷洗之前先揭开小毯子、毡垫、地毯和褥垫——终有一天她会带着一点儿微不足道的嫁妆，被嫁给一个穷亲戚（或其他替代者，但肯定很穷）这是她被这家男人彻底使用的最后一点儿余绪。一有机会就揩油，猥亵之后就避开——有些人是欣然前往，其他的则是被拉扯着——进了一间屋子，上了一张床］。木板变软还由于夜夜可闻的蠹虫的噬咬。他发现不用杵砸都行，随着木头的崩裂——尤其在锈蚀的钉子那里，只用刀子劈就够了。不久他就劈出一个洞，他透过洞向下看，就在他猛拉电线时天花板开裂的地方附近。他用刀向那个方向把洞凿大，然后把绳子的一端放下去，穿过两边木板的缺口。另一端则绕过床，在床下的中间位置绑好，打上死结。又站起来，把床推回到屋子中央，先推床头，再推床尾。绳子在被子上勒出一条凹槽。他用力拉了拉。足够结实了。他很好奇，当这张床被初次安放在这里的时候，会是谁铺的床呢？当初又有谁能猜到它日后有一天会被用来做什么？他带着刀和杵下了楼。放下杵，他打开餐具室的碗橱，往一个小碟子里舀了一点儿起酥油。他把起酥油带回自己房间，进屋关好门。穿过天花板垂下来的绳子从桌上滑落到了床上，松松地盘绕在那里。他把刀和碟子都放在桌上，慢慢爬了上去，小心地保持着平衡。他抓住绳子，以全身的重量向下拉了拉。结打在楼上房间里。他用刀割掉一截绳子好让长短合适，然后把这截绳子和刀一起扔到了门边。他在挂下来的绳子上搭了个套索，系上滑结，再抹上油，就把那碟子扔到床脚去了。它摔在地上完好无损。桌子又是一阵微弱的震动。泽波杰特把头穿过套索，调整好位置。就在那一刻外面几声喇叭响起。其他声音也混杂进来，然后又是喇叭、火车汽笛和工厂警报发出长长的、不间断的啸叫。这是什么？是他的耳朵在捣鬼吗？还是外面世界的呼求？他仍在这儿，一切都还在他的掌握之中。他可以脱去绳索，再等等，赶快逃走，去自首，或是烧掉宅子。选择的自由让他难以承受。他双脚使劲一蹬，踢翻了桌子；一下子吊在了半空中。他的眼睛和嘴巴张着，双腿僵直、来回地猛烈摆动,他奋力抬起手想要抓住绳子。(他想到了什么?他是否想到了什么未尽之事?还是他在临死之前突然意识到生命的馈赠是无与伦比的,世上的一项任务就是保卫生命,无论如何都要坚持活下去?或者就是肉体对于死亡的无声的、不假思索的拒斥?)他的头耷拉下去。他的双臂垂挂下来。一股浓稠的乳白色液体从他的短裤下漏出,顺着左腿流了下来。这股液体流进了膝盖上方的腿毛当中,流到被子上,扩散开去。在他头顶,摇摆的绳子来回摩擦着木头,发出"吱嘎吱嘎"的声响。

图书在版编目（CIP）数据

祖国旅店 /（土）尤瑟夫·阿提冈著；刘琳译.—
北京：人民日报出版社，2018.7
ISBN 978-7-5115-5582-3

Ⅰ.①祖… Ⅱ.①尤… ②刘… Ⅲ.①长篇小说—土耳其—现代 Ⅳ.① I374.45

中国版本图书馆 CIP 数据核字 (2018) 第 161897 号

Anayurt Oteli
by Yusuf Atılgan
Copyright © 1973, Yusuf Atılgan
This edition arranged via AnatoliaLit Agency
Simplified Chinese edition copyright © 2018 Shanghai Sanhui Culture and Press Ltd.
Published by People Daily Press
No part of this book may be reproduced, in any form without written permission form the publisher.
All rights reserved.
版权登记号：图字 01-2018-4203 号

书　　名：	祖国旅店
作　　者：	［土］尤瑟夫·阿提冈
出 版 人：	董　伟
责任编辑：	蒋菊平　钱慧春
特约编辑：	张祝馨
封面设计：	周伟伟
出版发行：	人民日报出版社
社　　址：	北京金台西路 2 号
邮政编码：	100733
发行热线：	（010）65369509　65369527　65369846　65363528
邮购热线：	（010）65369530　65363527
编辑热线：	（010）65369511
网　　址：	www.peopledailypress.com
经　　销：	新华书店
印　　刷：	山东临沂新华印刷物流集团有限责任公司
开　　本：	787mm×1092mm　1/32
字　　数：	94 千字
印　　张：	6.5
印　　次：	2018 年 10 月第 1 版　2018 年 10 月第 1 次印刷
书　　号：	ISBN 978-7-5115-5582-3
定　　价：	49.00 元